回不了頭
屯門公路 _{第三版}

棟你個篤

一次普通的本地旅行，

竟變成一趟回不了頭的旅程；

由旅遊巴士駛上屯門公路的一刻起，

乘客的命運都被徹底改寫了......

目 錄

回不了頭的 屯門公路

Chapter 1
屯門公路

屯門公路，於1978年通車，全長19.3公里，是連接屯門至市區的主要道路，每天都有大量屯門居民使用它到區外上學、上班；屯門公路的塞車問題經常為人詬病，聽說不想遲到的話，在繁忙時間出入，必須預留多半小時去迎接那讓人納悶的車龍。

我沒有到過屯門公路，應該說，我沒有到過屯門。我不至於無知到以為屯門是一個以耕種為主、仍然有牛走來走去的地方，但我對屯門的唯一認知就是：「遠，很遠。」而對屯門公路的印象就是經常塞車，而且常常有交通意外。像我這種上網成癮的人，整天拿著手機上網看東看西，每次看到屯門公路的資料，幾乎不是說塞車，便是說通車以來發生過的多宗駭人意外：

1981年8月23日晚上，一輛救護車撞毀屯門公路深井段中央的防撞欄，越過反方向行車線，與前往大興邨的66M線九巴相撞，兩車相撞後爆炸及焚燒，三名救護員及病人當場死亡，二十九名巴士乘客受傷，而深井段其後設置了「喃嘸阿彌陀佛」石碑。

1982年11月14日，這一天內竟發生了三宗車禍，共導致四人死亡、逾百人受傷。其中一宗發生在晚上，一輛往屯門安定邨的60M線九巴撞向山坡後，全車在地上翻滾兩圈，導致一死一百零九傷。

1995年8月18日，在屯門公路小欖段往荃灣方向的一處山上擴闊工程地盤，一塊巨石突然從石坡滾下，擊中一輛小型客貨車，導致司機慘死。

　　2003年7月10日,也是發生最恐怖意外的一天,約早上6時半,一輛載有四十名乘客的265M線九巴,行經屯門公路接近大欖隧道的支路時,被於中線突然失控並切線的貨櫃車迫向天橋欄杆,巴士繼而撞斷欄杆、衝出橋面並急墮至數十米下的汀九村山坡,釀成二十一死二十傷的慘劇,是香港歷史上最多人死亡的陸上交通事故。

　　這些事故對我來說,本來只是一篇又一篇的資料文章,或是無聊時在網上看到的那些以訛傳訛的靈異故事背景;我萬萬想不到,有一天屯門公路也為我帶來了莫大的恐懼。

　　自小在港島東長大的我,從來沒有理由要到偏遠的屯門去。我的生活主要遊走於香港島和九龍;要數新界的話,我最遠也只是去過荃灣和沙田而已。

　　終於,在我活了二十四年的人生後,明天我便會第一次到屯門去,而且還帶著我的妹妹,為的是參加社區機構舉辦的本地遊,地點是屯門紅樓。

　　我的妹妹叫花花,她今年十八歲,但智力只有六歲。是的,她患有唐氏綜合症。

　　在我五歲那年,母親懷孕了。我記得自己當時很高興,看著母親的肚子漸漸隆起來,我開心得在家裡繃繃跳,高興地嚷著:「就快有妹妹陪我玩啦!」

屯門公路

母親撫了撫肚子，看來有點憂心地道：「但係，妹妹有啲特別，媽咪都唔知……唔知好唔好畀妹妹出世。」

年幼無知的我其實聽不明白母親說甚麼，只是緊張有沒有人陪我玩，所以我大聲說：「要畀妹妹出世，要快啲出世！我要做哥哥，我要同妹妹玩！」

母親走過來抱了抱我，我的耳朵剛好貼近她的肚子，也許是我的錯覺，我好像聽到妹妹的心跳聲。

「阿源。」母親溫柔地叫我：「你會唔會好好照顧妹妹？」

「會！」這句承諾，後來我才了解當中的意義。

妹妹出生後不久，我就發現她確實有點不同。她的皮膚很白，白得有點刺眼；眼皮厚厚的，雙眼分得開開，樣子並不像爸爸媽媽。

到妹妹兩歲時，我才大約知道唐氏綜合症是怎麼的一回事，就是妹妹的智力很低很低，她，永遠都是小孩子；媽媽總是說：「阿源大個咗要照顧妹妹，妹妹同你唔同，佢永遠都長唔大。」

到她八歲時，我已經十四歲了。有一天半夜醒來，聽到父親母親在房間內激烈地爭吵。

「一早叫咗你唔好生佢出嚟，累人累物！」父親的聲音帶著嫌棄的情緒。

「個女你都有份㗎！」母親的聲線很激動。

「咁我同小紅個女，我都有份㗎！」父親好像理所當然地嚷著另一個女人的名字。

母親沒有回答，我在房間外聽著裡面的沉默，心跳劇烈得快要爆炸一樣。

過了半晌，我才聽到母親的聲音，這次她的語調突然變得很平靜：「唔使拎花花做藉口，講到尾，你都係想唔要我哋三母子。」

父親突然嘆了口氣道：「層樓畀你哋，就當係道歉又好咩都好，我會畀足贍養費，遲啲會寄封離婚協議書畀你。」

「咔！」父親才剛說完，就打開了房門，衝出來之際幾乎跟我撞個正著。我閃開了，他呆望了我一眼，然後頭也不回地走向客廳，拉開大門，離開了。

自此，我就再沒有見過他。

Chapter 2
兄妹

2 兄妹

母親獨力照顧我和花花，那時候我很討厭這個有唐氏綜合症的妹妹，因為她總是學不會任何事，都八歲了，竟然連自己穿鞋子都不曉得。

因為不想留在家裡對著花花，我青春期的大部分時間都在學校度過，放學後不是在圖書館亂翻書本，便是到自修室溫習，這樣的家庭背景竟然因禍得福地令我成為一個別人眼中勤奮好學、成績優異的好學生；順利升上大學後，我四年的大學生活都住在宿舍內，每星期才回家一次，那幾年間，花花總算學會了穿鞋子，但只限於沒有鞋帶的鞋子。

大學畢業後，我重新回到家裡住，花花已經十五歲，但她還像小孩一樣，日常大部分事情都要母親照料；終於，母親累病了。

年紀漸大加上過於操勞，母親的心臟和腎臟都不太好，出入醫院的次數漸多，體弱的她根本沒有精力照顧花花，於是這個責任就來到我的身上。老實說，起初我是十分抗拒的。有好幾次因為母親突然病倒，我要向公司請緊急事假回家照料花花，老闆、同事都對我有微言，我感覺到他們對我請假的原因滿是懷疑，也許他們覺得我這個剛投身社會的大學畢業生只是去吃喝玩樂罷了。縱使經常要忍受他們的冷言冷語和不信任，但我不可以辭職，我需要這一份工作，不只因為我需要錢，更是因為我需要每天上班來暫時逃離這個家。

今年年初，母親在病榻上離開了，她臨終前竭力地跟我說了一句話：「你會唔會好好照顧妹妹？」

「會。」我才想起，這是我第二次作出這個承諾了——第一次的時候，我才五歲。

在我回答完後，母親就合上眼睛，永遠地沉睡。

花花大約也意會到這是怎麼一回事，她伏在母親的病床邊，握著母親的手，哭了很久很久。

我看著花花因哭泣而抽搐著的肩膀，眼淚也不自覺地流了下來。

「花花，以後得返你同我咋。」我低聲呢喃著，聲量小得我不確定自己是不是在跟她說話。

「哥哥，媽咪唔要我。」

我看著她哭，心裡下了一個重大的決定。

第二天，我向公司遞了辭職信，因為我知道自己沒法子也不應該再逃避了。我不可以丟下對母親的承諾，我希望至少花半年時間，全力去照顧花花。

當然，母親沒有留下很多錢，才投入職場不久的我也沒有多少儲蓄，所以我預算半年後還是要再找工作，我只是想在這段時間跟花花多相處，日後幫她找宿舍也好，請外傭照顧她也好，到時只好見步行步了。

2 兄妹

「哥哥！」這是一個星期五的晚上，花花快樂地叫著我，而我正在把雨傘、毛巾等放進她喜歡的粉紅色書包。

「花花，聽日莊姑娘帶我哋同埋中心啲朋友仔去屯門紅樓玩，你今晚早啲瞓啦。」我柔聲說。

「紅樓，敏敏，去？」花花不太能說出完整句子，一開始我並不習慣，但現在她的話我大致都聽得懂。

「敏敏梗係去啦！佢媽咪都去！」我說。敏敏也是唐氏綜合症的患者，看樣子她的年紀比花花和我還要大，但她的智力似乎比花花更低。

「呀！」花花開心地拍著手，一蹦一跳地滾到她的睡床上。

第二天一大清早，我們在社區中心門前集合，我瞄了瞄莊姑娘手上的「點名紙」，這次旅行足足有二十多名唐氏綜合症患者和他們的家人，還有包括莊姑娘在內的三個職員跟隊，加起來有接近六十人。

「敏敏！」

「花花！」

她們兩個甫見面便有如小女孩般擁在一起，而我也跟敏敏媽媽點頭打了招呼。

等了一會，待莊姑娘點名過後，大家便準備排隊登上旅遊巴士。

「排！」花花大力拉著我嚷著。

「花花，我哋要禮讓，等其他朋友仔上晒先。」我說。

「嗯。」花花似懂非懂地回應。

終於，當大家都上車後，我和花花也坐上了這輛將會開往屯門的旅遊巴士。

「呀！」才開車不久，坐在旅遊巴士窗口位置的花花，突然大力地推開坐在旁邊的我。

「做咩呀？花花？」我著實摸不著頭腦。

「媽咪，冇位！」她繼續大力地推開我，想把我推離座位。

「你意思係媽咪冇位坐？媽咪要坐你旁邊？」我問，心裡莫名地感到悲傷。不過自從母親離世後，花花也會間中這樣提起她，就好像母親仍然在我們身邊一樣。

「係！你，後面！」她堅決地說。

反正在旅遊巴上也不會走失，是以我聳聳肩，走到下一行的椅子坐下。

花花滿意地看著旁邊的座位。我在想，如果母親真的在就好了。

Chapter 3
變天

回不了頭的
屯門公路

回不了頭的屯門公路

3 變天

　　當旅遊巴士在馬路上行走之際，我低頭玩著手提電話。在同一時間，車廂內部分參加者十分興奮地嬉鬧著，花花也自顧自地唱著歌，以致車廂內十分嘈吵，令我不禁回想起以前中學時代的秋季大旅行。

　　這時，莊姑娘突然拿起咪高峰，像是導遊一般在車廂前方大聲說：「歡迎大家參加今日嘅旅行團，大家興唔興奮呀？」

　　「興奮！」部分人大聲回應著。

　　莊姑娘續說：「一陣行程好豐富，好多地方行，我哋為咗大家唔好餓親，特別準備咗每人一個漢堡包，而家我哋會傳啲包落嚟，一人一個唔使爭。」

　　「又幾好服務喎，連早餐都有得食。」我喃喃自語。

　　旅遊巴士在東隧疾駛，我一邊吃漢堡包，一邊百無聊賴地繼續拿著手提電話跟我的朋友象仔聊天。

　　「我同花花去緊屯門。」

　　「哇！咁L遠？搞乜？」

　　「跟社區中心去紅樓參觀呀。」

　　「紅樓？」

　　「係呀，我連係咩地方都唔知。」

18

「咁啱早兩日喺網上見到篇嘢講屯門紅樓，搵畀你睇下。」

這時花花轉過身來嚷著要分多半個漢堡包，雖然我有點肚餓，但我還是把我的包撕了一半給她。與此同時，象仔發送了一個網址過來，還奇奇怪怪地加上「慢用」兩個字。

我點開一看，那篇文章竟然是關於屯門紅樓的鬼故。雖然我不太相信世上有鬼神，但反正在車上悶著，我便無聊地讀著那篇文章。

「屯門紅樓位於蝴蝶灣以北的中山公園內，是一棟兩層高的紅磚房屋，屬於1920至1930年代中西合璧的建築物。相傳紅樓是當年孫中山與辛亥革命同志聚會的地方，樓內有一張木桌子，據說孫中山曾在這張木桌子上策劃革命行動，而掛在牆上的大鏡子，有不少人曾在其中看到革命烈士的鬼魂。

可能因為位置偏遠，遊覽紅樓的人並不多，但有附近的居民指每到入黑之時，紅樓後山便會鬼影幢幢，更會傳來好像一大班人竊竊私語的聲音，十分詭異。」

我讀完後笑了笑，回了個訊息給象仔：「嘩，我係唔係要驚？」

「哈，咁啱見到咪嚇下你！畀個面驚下好喎！」

我們就這樣有一句沒一句地聊了半個小時。可能因為今早太早起床，我慢慢地感到有點睡意。我瞇著眼望向窗外，旅遊巴士剛離開荃灣，那即是正要駛上屯門公路了，而這時我才發現，車廂突然變得異常寧靜。

回不了頭的屯門公路

3 變天

　　車廂中原本喧鬧的氣氛沒有了，也許大家因為太早起床，所以現在都睡著了，就連坐在我前面的花花也歪著頭在酣睡。

　　旅遊巴士慢慢駛上了屯門公路後，我放下電話望向窗外，發現在對面線出九龍的方向，有很多大貨車和小型客貨車，車多得令路面有點擠塞；我向前張望入屯門方向的馬路，一直到我視線所及的轉彎位，全數十多輛盡是旅遊巴士。

　　「乜原來假日有咁多旅行團入屯門，一陣入到去分分鐘迫過旺角。」我暗自想著：「咁對面線又點解咁多貨車嘅呢？有咁多貨要運嘅咩？」

　　這時我只是隨便想想，沒有真的想要尋根究底，反正我沒有去過屯門，也對屯門沒有太大興趣，這次我主要是陪花花參加活動罷了。

　　旅遊巴士在屯門公路上前進一會又停一會的，最怕交通擠塞的我，納悶地看著窗外對面線那同樣是緩慢移動的車龍，我也開始感到十分疲累，不知不覺合上眼睛，迷迷糊糊地睡去。

　　不知睡了多久，我有那種像是睡飽了自然醒的感覺。我慢慢地張開雙眼，看到前方的椅子背面，才想起自己正在乘旅遊巴士。

　　我用力地擺動了一下頸部來讓自己清醒，這時我才發現旅遊巴士已停了下來，車廂中亦有點昏暗，跟我睡著前截然不同。

20

　　我下意識地瞄出窗外,外面的天色竟然是黑漆漆的。

　　「點解個天咁黑?係唔係就快落大雨?」我一邊這樣想著,一邊向旁邊移到更近窗口的座位,探頭向窗外看。窗外的天色確是令我目瞪口呆,因為那不是風雨欲來的天昏地暗,而是確確實實晚上的天色,天氣晴朗得即使在大廈的燈光映照下,仍看到微弱的一兩點星光。

　　我看看周圍的環境,留意到窗外的一棟建築物上寫著屯門市廣場,那即是旅遊巴士確是來到了屯門,只是我自己睡得太熟,一覺睡到晚上了。

　　「咁花花呢?跟住大隊去咗邊?」想到這裡我不禁緊張起來,立即站起身,擦了擦雙眼,適應著車廂中的昏暗。我向前張望尋找花花的蹤影,很快就發現花花仍在前方座位歪著頭在睡;當我看看左面和後方,竟然發現其他參加旅行的人也在睡。

　　我走到花花身邊輕拍著她的手:「起身啦!懶蟲,唔知做咩我哋瞓晒,冇得去紅樓玩啦!」

　　「唔……」花花惺忪地張開雙眼,然後很快便反應過來:「黑!」

　　「係呀,天黑啦!」

回不了頭的屯門公路

變天

「驚驚！」她可愛地拍拍自己的心口。

「唔使驚，有哥哥喺度。」我拍了拍她的肩膀，繼續道：「去唔到紅樓呀，我哋拍醒其他人一齊返屋企啦。」

「哇！」車廂後方突然傳來一下叫聲，我立即望過去，只見敏敏站起來四處張望，大叫著：「媽媽！媽媽？」

「敏敏，叫媽咪起身，我哋⋯⋯」我邊說邊走過去，可是我沒法把話說下去，因為敏敏的媽媽根本不在座位上！

我跟敏敏一樣四處張望，這時我才發現，車廂中的人數好像不太對。我走回車廂前方點算著人數，本來應有近六十人的車廂，現在竟然只有二十多人！

就在我百思不得其解之際，漆黑的車廂座位下方，竟然有一對眼睛在看著我。

Chapter 4
究竟

回不了頭的
屯門公路

究竟

我嚇得猛地向後一跌,剛好跌坐在後方的座位,而且還撞到旁邊窗口位的人。

「哇!」他被我撞得慘叫了起來。

我回頭一看,是旅行團中其中一個唐氏綜合症患者,他從睡夢中被我撞醒了,不停推著我大叫:「痛死我啦!痛死我啦!」

可是任憑他如何大力地推我,我的屁股還是緊貼在座位上,我感到自己全身都繃緊著,雙手無意識地用力抓著前方椅背,眼睛瞪得老大,跟前方漆黑中的眼睛對望著。

「你……你……你係邊個?」我竭力地從喉嚨發出聲音。

「痛死我啦!痛死我啦!」我旁邊的人還在叫著,可是我根本沒空理會他。

突然,我看到那雙眼睛莫名其妙地流下眼淚,然後漆黑中的那個人慢慢躡手躡腳地站了起來,這時我藉著窗外的燈光,才看得清對方的樣子。

我不禁大大地舒了一口氣,因為那人看來是一個跟我年紀相若、身形嬌小的少女,看樣子應該是團中不知哪個病者的家人。

　　我本來想大罵她把我嚇到，但見她梨花帶雨的，而且容貌娟好，我本能地柔聲道：「你做咩匿喺張椅下面？冇事吖嘛？」

　　她的嘴巴微微張開，好像想說話卻說不出來。她重重地呼吸著，令我也不禁緊張起來。

　　「我……我係阿源，係花花阿哥，你呢？」我試探著問。

　　「我……我係Pure。」她輕聲地說。

　　「Pure？係……係名嚟㗎？」我知道這樣問很沒禮貌，但還是忍不住想確認一下。

　　她點了點頭，這個神態確是有點pure有點true。

　　我望了望車廂四周，雖然環境很昏暗，但是我仍隱約看到車廂中的人，除了我和Pure之外，其他都似乎是唐氏綜合症患者，即是說，陪他們一起來的家人、莊姑娘和旅遊巴士司機都不知所終。

　　「你知唔知其他人去晒邊？」我問Pure。從她受驚的表情看來，我推斷她應該知道甚麼。

　　她正想開口回答我，卻被花花的大叫聲打斷。

「哥哥！驚！返屋企！」花花踏著笨重的腳步跑向我，發出了不少聲響，以致其他人都逐漸醒來。

就在花花撲過來抱住了我的手臂時，其他醒來的人好像都察覺到眼前狀況有點不妥。

「好黑！」

「媽媽？媽媽？」敏敏又開始大叫。

「電筒！我識用電筒！」一個唐氏綜合症的男人大聲道。經他這麼提醒，我才想起可以使用手提電話的電筒照明。

我立即打開電筒，Pure也跟著照辦，車廂中即時光亮了一點。

這時一名原本就坐在我的座位附近、十多歲的少女患者，她被大家吵醒後就緊張地拉著Pure的衣袖。Pure旋即介紹說：「呢個係我細妹，小真。」

果然是好pure好true。

「嗯。」我不知所措地回應了她。環視四周，我看到每個人眼中盡是驚慌，到底不見了的人去了哪裡？

「源哥哥，媽媽？媽媽？」敏敏哭著跑上來並抱住我的手臂，然後其他患者，包括較早前被我撞到嚷著痛的人，也在大聲哭著、尖叫著。一時間整個車廂嘈雜得震耳欲聾。

「敏敏，你媽咪……」我不知道如何回答，只知必須要先安定他們的情緒。

「佢哋……佢哋匿埋咗，我哋而家玩捉迷藏！」Pure突然說。

「捉迷藏！」其他人都破涕為笑，一臉興奮的樣子。

「莊姑娘帶咗佢哋去匿埋，你哋而家要返埋位，乖乖坐低，靜靜地等夠鐘先可以落車搵佢哋。」我配合著說。我著實需要時間想想下一步該做些甚麼。

「你哋都坐！乖乖地！」那個提醒了我用電筒的男人用命令的語氣指了指我們說。

花花拉著敏敏說：「我，敏敏，坐！」

Pure摸了摸小真的頭，柔聲道：「你跟花花同敏敏姐姐坐，家姐想同源哥哥坐。」

小真燦爛地笑著：「你哋，結婚。」說罷一蹦一跳地跟花花、敏敏三人擠到同一排座位上。

安頓好其他人後，我和Pure坐了在第一排的座位，我急不及待壓低聲音問：「你係唔係知道發生咗咩事？」

我一問完，耳邊便傳來Pure急速的呼吸聲，本來稍平復心情的她，情緒突然又波動起來。

「冷靜啲，唔好嚇親小真佢哋。」我輕聲說。

「嗯。」她又不停喘著氣，過了半晌，她才道：「其⋯⋯其他人被人帶走咗。」

「帶走咗？咩意思？」Pure的回答令我不禁略提高了聲線，幸好後面的人好像都沒有在意。

「殊。」Pure瞪了我一眼，然後又再重重地吸了口氣道：「頭先我同小真一齊坐嘅，當時架車上面，除咗司機外，其他人都好似瞓晒；雖然我一啲都唔眼瞓，但都合埋咗眼哺一陣⋯⋯」她頓了頓又道：「過咗唔知幾耐，我感覺架車停低咗，又有車門打開嘅聲，我就以為落得車，咪擘大眼望下，點知⋯⋯點知⋯⋯」

「點知咩？」我緊張地追問。

她的聲線壓得更低道：「點知我見到司機、莊姑娘同其他職員都好快咁落緊車。咁我覺得好奇怪，咪打算起身大聲叫佢哋，但呢個時候，有班著制服嘅人衝上車，我本能地冇起身，縮返去椅背後面。」

「著制服嘅人？係咩制服？」

「我唔知，總之係啡啡地色嘅制服，我認唔出係咩機構，但係我感覺……感覺上好似睇戲見到嘅日軍制服。」Pure的語調十分遲疑。

「日軍？」我喃喃自語道，然後又試著提起精神問：「咁佢哋上車做乜？」

「我喺兩張椅嘅椅背之間條罅見到，佢哋由第一行開始抬起啲人搬落車。」

「抬起啲人搬落車？咁啲人畀人抬起都冇反應？」

「嗯，我唔知點解啲人被抬走都唔醒……」

「但……但佢哋點解只係搬走部分人？」

「我都唔知……」

「咁你呢？佢哋……冇發現你？」我發現自己正在用力壓低自己的聲音。

「我……冇……佢哋冇發現我；好彩我生得細粒，我當時嚇到即刻縮入椅底，其實都匿唔晒，個身同對腳都伸咗出嚟……」Pure的呼吸又開始急速，眼淚又大顆大顆地流下來。

　　我輕拍一拍她的肩膀，令她稍為鎮定下來。我可以想像當時的情形，當那些穿制服的人愈來愈走近，躲藏著的Pure一定緊張得整個人在發抖。

　　過了半晌，她才帶著哭音道：「當時著制服嘅人一步一步行近我同小真嗰排位，我驚到呼吸都唔敢，驚畀佢哋發現，又驚小真會畀人捉走。好彩，可能我啲衫褲都深色，佢哋望咗望似乎冇發現我，又冇打算捉小真……然後佢哋就繼續行去後面，將更多嘅人抬落車！」

　　聽到這裡，我不禁倒抽了一口涼氣，依Pure所說，當時那些人想必曾經經過我和花花坐著的位置，只是當時我睡著了懵然不知，我竟然差點在不知情的狀況下就被人抬了去未知的地方！

　　可是……為甚麼我和花花，或是部分人沒有被抬走？

　　我思索了一會才道：「咁佢哋喺個過程中，有冇講啲乜？」

　　「冇，佢哋一句嘢都冇講。」

　　究竟穿著制服的是甚麼人？被他們帶走的人又去了哪裡？我的思緒十分混亂。突然，Pure用肩膀碰了碰我，我疑惑地望望她，她示意我看看前方。

　　但當我望過去時，我並沒有察覺到甚麼異樣，應該說，在這個異樣的環境下，我沒有看到更多異樣。

Pure似乎看到我一臉疑惑，便道：「睇前面架車。」

我透過旅遊巴士前方的車窗看出去，這時我才發現，前方也泊著一輛旅遊巴士，而透過前方旅遊巴士後面的車窗，可以隱約見到車廂中有人影在激烈地晃動。

「嗯⋯⋯前面車上面嘅係咩人？」我用極低的聲線呢喃著。

「會⋯⋯會唔會係啲著制服嘅人捉緊人？」Pure說。

我想我倆大約呆望著前方整整五分鐘，我才開口說道：「我⋯⋯我落車睇下。」

事實上，我不知道為甚麼我會說出這句話，甚至乎在說完後，我也不肯定自己是否應該這樣做，但反正話已說出口了。

「唔好，好危險㗎！」Pure的聲線顫抖著道。

我吸了一口氣道：「你哋留喺度，我落車睇⋯⋯放心，我唔會畀人發現。」

Pure一臉擔心地看著我。我從背囊中拿出了一件東西，那是讀書時代參加童軍時買的萬用刀，因為覺得蠻好用，而且很有型，所以常常帶在身邊。

Pure看見我總算有件武器，神態稍為放鬆下來。

旅遊巴士的車門沒有關上，我躡手躡腳地拿著刀下車。昏暗的街道上連人影都沒有。

我微彎著身子走到前車後方，這時我聽到前車車廂傳出一陣騷動的聲音，有人在大叫，可是我聽不清楚他在說甚麼；我慢慢移步到旅遊巴士的左面，現在我前方就是車門，如果有甚麼人下車的話，必定會見到我。

我感到握著刀的手心傳來一陣灼熱並冒著汗珠，我於是換了另一隻手握刀，然後把汗水擦了在褲子上。

「唔好！唔好！」這時我終於聽到車廂中的人激動地大叫著甚麼，難道那些穿制服的人正在捉人？

聽著裡面的喊叫聲，我半蹲著身子躊躇不前，期間不自覺地摸摸自己的腰間，才發現汗珠不斷從我的背部大顆大顆地冒出來，早已令我汗流浹背。說真的，我真想彎著身子轉身，回到本來的旅遊巴士車廂去。

「轟！」突然，一聲巨響，一個男人從車門的梯級滾了下來，正正躺了在我的面前，眼瞪得老大好像在看著我，頭上流著血。

他很明顯地已經死了。

Chapter 5
殺人

回不了頭的
屯門公路

5 殺人

我嚇得下意識地把身子蹲得更低，緊握著刀向前，以防有甚麼人從車門走出來襲擊我。

車廂中仍是嘈雜得很，似乎是有人在打鬥。究竟打鬥雙方是甚麼人？是穿制服的人和被捉的人？或是……？

過了半晌，我終於按捺不住，站直身子，從側面的車窗望向車廂中。我見到一個很胖的男人，手上揮動著兩個破了的玻璃瓶；另外有兩個男人在前方想制伏他。

「三個都冇著制服嘅？幫拖都唔知幫邊個喎。」我心想。

我仍在猶豫之際，那胖男把手上的玻璃瓶直截了當地插進了其中一個男人的肚子，那男人立即一臉痛苦地倒在地上。

「呀！」我忍不住叫了出來。難道剛才跌出車門外的那個男人，也是被胖男所傷？

我的驚叫聲引起了那胖男的注意。可是，他只瞥了一眼車窗外的我後，就沒再理會我，而是飛快地伸手想揪著餘下的那個男人，但那男人身子一閃身便躲開了。

那胖男像是瘋子一般繼續發狂亂揮手上的玻璃瓶。「嚓！」玻璃瓶劃傷了那男人的臉，幾滴鮮血濺到了我面前的車窗。

再這樣下去，那男人很有可能會被胖男殺掉，而且胖男已發現了我，他把那男人殺掉後，下一個目標會不會是我？

想到這點，我趕忙跨過地上的那具男屍，鼓起勇氣踏進了車廂。

我握著刀向胖男衝過去，可是我轉念一想，我根本不知道眼前這兩個人的關係。雖然胖男看似是殺人狂，但是我也不知道他發狂背後的原因。如果我用手上的刀去刺他，我會錯傷好人嗎？

我手腕一扭，把刀鋒收起，然後衝上前一把抓著那胖男的手。

「唔好打呀！冷靜啲！」我聲嘶力竭地大叫著。

「吼！」那胖男咆哮。說真的，他的力氣真不少，以致我要用雙手才能勉強握得住他持玻璃瓶的手。

這時那臉頰受傷的男人爬了起來，抓住了胖男的另一隻手：「你個癲佬，殺晒成車啲人！」

此刻我才留意到車廂中驚心動魄的場面——幾乎每排座位上，都有一、兩具淌著血的屍體。

「小心！」那男人突然驚呼了一聲，我赫然見到胖男甩開了他的手，而且正要向我的臉揮拳。

「轟！」

從小到大，我都沒有跟人打過架，也沒有被人打過，當那胖男一拳打在我的臉頰時，我才第一次嚐到那滋味——自己的腦袋好像在頭骨內猛烈震動一樣，眼前的景物晃動著，有一刻我竟然感覺不到痛楚，只知我的眼珠在無意識地轉動。

我唯一意識到的，是我要用力捉住胖男拿著玻璃瓶的手，我要努力地不讓自己死去，我要照顧花花！

突然，我感到手中的萬用刀被搶走了！如果他用刀刺我，我是必死無疑！

「呀！」一聲慘叫在車廂中迴蕩，卻不是由我發出的。

我感到胖男甩開了我的手，與此同時，一聲慘叫又再傳來。

一陣暈眩襲來，我跌倒了在地上。「蓬！」幾乎同一時間，我竟看到胖男倒了下來，發出一聲巨響。

四周寂靜一片，我見到另外那名男人背著我蹲著，他正在用我的萬用刀不停刺向胖男的身體。

　　我沒有再看下去，躺在地上看著車廂頂部。不知過了多久，那個男人一臉緊張地出現在我面前，他的嘴巴不停在動，但我一丁點聲音都聽不到。

　　我覺得我整個人被他搖晃著，但那種感覺很不真實。我好像坐在4D影院一樣，椅子前後左右地搖動，但眼前的畫面卻是一齣無聲的默片。

　　「呀！」一陣刺痛從我的拇指跟食指之間傳來，我不禁大叫了出來。

　　「喂！冇嘢下哇？」我的耳朵終於聽到他的聲音。我側頭看到他一手握著我的右手，一手在用力戳我的虎口位置。

　　「冇嘢。」我呆呆地答他。

　　他看來好像鬆了一口氣道：「起唔起到身呀？」

　　「嗯。」我用手撐著地面坐了起來，然後他拉了我一把，我便站了起來。也許是頭部被胖男重擊，我總是覺得身體好像不屬於我，有點難以控制。

5 殺人

　　這時，我看到地上的胖男，他的胸口插著我的萬用刀，一片血肉模糊。

　　「我……你……我……你殺咗人？」我結結巴巴地說。

　　「我殺嘅，我用你把刀殺嘅。」他一邊說，一邊彎身把我的刀從胖男身上拔出，再把刀上的血漬抹在胖男的衣服上，然後把刀塞回我的手心。

　　「嗚呀！」我用力把刀丟在地上說：「你想屈我殺人呀？」

　　「妖！你係唔係路呀？我畀返把刀你咋，唔要就算！」他說罷把刀拾起摺好，然後袋進自己的褲袋。

　　我思緒混亂地道：「不……不過我哋自衛殺人，唔怕啦可？」

　　「噴！做乜啫你，好怕坐監咩？我坐過監，殺過人，咪又係好漢一條？」

Chapter 6
Moving

回不了頭的
屯門公路

「你……你殺過人，坐過監？」我結結巴巴地一邊說，一邊向後退了一步。

「係呀！呀！唔係！」他說。

「即係係定唔係？」我問完又後退了一步。

「我唔係坐過監，係坐緊監。」他說。

「你……你咩意思？你逃獄出嚟㗎？」我本想繼續後退，但這時才驚覺後方已無路可退，而車門是在他的那一邊。

「又唔係逃獄嘅，今日無啦啦阿sir話車我哋出嚟，去遠啲唔知咩山頭拔草，重有早餐食，重要係漢堡包！你知唔知我幾多年冇食過漢堡包？」

「有早餐食？重要係漢堡包？」不知為何，我覺得有甚麼不妥，卻又說不出來。

「係囉！幾爽呀！跟住可能入屯門太遠，我瞓到死豬咁，點知一瞓醒啲阿sir唔見晒，司機都唔見埋，天又黑晒……」他頓了一頓，然後指著地上的胖男道：「車廂得返其他監躉，呢條肥佬都係監躉嚟㗎，佢衰搞細路，所以平時我哋成日恰X佢㗎，佢一向都唔敢反抗，但頭先就唔知做乜L好似癲咗咁，大叫咩『得到自由啦！但只有我一個人有，你哋冇！』跟住就搵啲玻璃樽係咁隊我哋。」

「哦……」其實我沒有專心聽他的說話，我的腦海不知為何仍想著他說的漢堡包早餐。

「喂，頂你，你有冇聽？頭先幾驚險呀……」他還未說完，我就忍不住打斷了他的說話：「你話早餐食漢堡包？」

「係呀，幾好食呀，簡直人間美味！哇，平時我哋日日麥皮，冇味㗎妖！」他興奮地說。

「然後你就好眼瞓？」我皺了皺眉頭問。

「係呀！哇，我好耐冇搭車出去啦，明明睇下沿路風景好正，點Q知自己唔爭氣，眼瞓到嘔，瞓醒時連個天都黑埋。」他似乎是那種一說話就滔滔不絕的人。

我隱約覺得我們的早餐都有問題，正當我想好好思索時，他卻踢了一踢胖男的屍體，怒吼了一句：「X，仆街戀童癖！」

我才想起，這兒發生了命案，死了很多人，有一個逃走了的殺人犯，而且我的一些團友又被人捉走，我應該報警才對。

我立即從褲袋拿出手機按下了「999」，卻傳來「嘟……嘟……嘟……」

「報警都會打唔通嘅咩？」我忍不住喃喃自語起來。

我試著再打,可是仍是傳來無法接通的聲音。

「你報警呀?」那男人轉身問我。

「唔係,我打畀屋企人啫……」我的嘴巴否認,手指卻仍再試著撥打999。

「喂!你個樣好假噃,你……唔係想搵人拉我下話?」

我猛地抬頭看著他,他一臉嚴肅地看著我。

「唔……唔係,點會呢?你救咗我喫嘛,多謝你都嚟唔切啦!」我拼命擠出一個笑臉。

「係就最好啦。」他邊瞪著我邊伸出拳頭在我眼前晃著道:「你知啦,我殺過人喫嘛。」

我連忙把手提電話袋進褲袋說:「知,嗯,如果冇咩事,我走先。」事實上,報案中心接不通的話,我想打電話報警也不行。

我跨過地上的屍體,在那男人身邊走過,向著車門走去。

當我快要走到車門時,他從後叫住了我:「等陣!」

「吓?」我轉身望向他。

「我叫Moving，你叫咩名？」

「我？」我被他突如其來的自我介紹嚇倒，過了半晌才道：「我係阿源。」

「哦，阿源，你借二十蚊畀我搭車得唔得？」

我不想多生事端，所以連忙從銀包拿了二十元給他。

「唔該晒！」想不到他總算有禮貌。

我點了點頭便又轉身離去，始終跟一個殺人犯在一起，著實令我有點不安。

我步出了旅遊巴士，急步向後方走去，想回到本來的旅遊巴士找花花，可是⋯⋯

Chapter 7
易 服 男

易 服 男

我一轉身，便看到一個穿著可愛連身裙的少女正在後面的旅遊巴士車門前站著。從後可見，她背著一個藍色的卡通背囊，衣服的帽子上還有可愛的白色兔耳朵，而她正用力拉著另一個人的手。

「放手啦！放手呀！」我聽到Pure有點緊張地叫，原來被拉著的人是她，我猜想一定是我們團中某一個女患者要Pure陪她去甚麼地方玩。

我連忙過去想勸阻，卻聽見那女患者竟然用一把男性的聲音在叫：「媽！媽！」

我驚訝地看看那少女，赫然發現他是一個瘦削的男人，我肯定他不是我們團中的任何一個人。

「喂！你個變態易服癖想點呀？你……」我毫不考慮就立即大喝起來，但我話音未落，便開始為自己的魯莽後悔了，因為我突然發現他垂下的手原來握著小刀！

「頂！啱啱喺嗰邊面對完殺人犯，嚟呢邊就輪到個痴線易服佬！」我內心嘀咕著，同時大叫：「你唔好亂嚟呀！」

我把背囊撥到前方想拿我的萬用刀，卻想起我的刀被Moving拿了！

「今次大鑊！」我內心暗想。雖然那易服男身形瘦削，但是他一手抓著Pure，一手握著刀，如果我撲過去的話，相信受傷的不是我就是Pure。

「媽！」那易服男叫著，看來他除了有易服癖外，精神也有點失常。

正當我猶豫著不知如何是好之際，一把聲音從我身後傳來：「喂！屎滴仔，你老母呢？」是Moving。

那易服男睜著眼望向Moving道：「媽，唔係老母！媽走咗！」

「咁你放開個女仔先啦，如果唔係你老母返嚟打你㗎啦。」Moving邊說邊擠到我面前，輕柔地拉開易服男捉著Pure的手。

剛才拿著刀的易服男好像軟化下來，垂下了本來拖著Pure的手。

「你老母頭先喺大會堂嗰邊搵你喎，快啲去搵佢啦。」Moving指了一指前方。

「啪啪啪！」易服男突然大力地拍手，然後轉身一溜煙地跑走了。

「唔該晒你呀，我係Pure。」Pure一臉感激地凝望著Moving，令我感到有點不是味兒。

回不了頭的屯門公路

易服男

「唔使，我係Moving，我啱啱都救咗你男朋友呀。」他邊說邊指一指我。

「嗯……佢唔係我男朋友，係團友。」Pure微笑著說。縱然她說起我，眼神卻一直集中在Moving的臉上。

我不耐煩地說：「喂，你識頭先個易服佬嘅咩？同你一樣係監躉㗎咩？」

「監躉？」Pure驚訝地說。

「喂，你唔好講得咁難聽喎！頭先嗰個咪係屯門屎滴仔囉，你唔見佢揹住屎滴仔背囊嘅咩？我以前住屯門成日見到佢㗎啦，佢精神有問題㗎。唉，唔知佢老母行咗去邊，又唔睇住佢。」

「你唔係話佢喺大會堂咩？」Pure問。

「我亂講咋，我心急救你吖嘛！」Moving瞇著眼好像以為自己魅力十足般凝望Pure，而Pure也好像忘了他是犯人，一雙眼水汪汪地望著他。

「喂，Moving呀，我畀咗二十蚊你，你自己去搭車啦，拜拜！」我猛地站到他和Pure中間。

54

「吓？你連Pure都保護唔到，一陣屎滴仔又出現點算？而且我好熟屯門，可以帶你哋去搭車。」Moving得意地微笑著說。

「咁不如Moving你同我哋一齊啦，反正我細妹、阿源細妹同埋其他人……嗯……因為好多唐氏小朋友，佢哋都好需要照顧呀！」Pure說。

這時Moving探頭望一望車廂中說：「嘩，原來咁多人呀？」

我沒好氣地向車廂中叫：「花花，過嚟哥哥度。」

「玩？搵莊姑娘？」花花一蹦一跳地走過來。

「呢個Moving哥哥，你唔好同佢玩，跟住我，知唔知？」我摸摸花花的頭頂，她大笑著點了點頭。

「嘖。」Moving向我冷笑了一聲，就向車廂大叫：「各位小朋友，我哋出發返屋企啦！」

Chapter 8
回家？

回不了頭的
屯門公路

⑧ 回家？

「唔返屋企！用電筒搵莊姑娘！」那電筒男道。

「家姐，玩遊戲！」小真嘬著嘴說。

「哦⋯⋯」敏敏則發出無意識的叫喊。

一時間，車廂內的反對聲音此起彼落。我揚一揚眉道：「小朋友，我哋唔係返屋企，係去搵莊姑娘佢哋至嘛。」

「好嘢！」小真大叫，其他人也跟著叫。

我以一副勝利者的笑容面向Moving道：「佢哋跟住我先會聽話喋。」

但事實上，我們真的要乘車回去嗎？那班唐氏綜合症患者的家人不在，我連他們的地址都不知道，我該怎麼送他們「回家」呢？

再說，如果他們的家人真的被人捉去，我應去找尋他們的下落嗎？我應去找莊姑娘問個究竟嗎？

我拿出手提電話再次撥打了999，可是電話仍是沒法接通。為甚麼報案中心的電話會長期打不通呢？這太荒謬了吧！

　　在我六神無主之際，Moving指一指前方說：「好啦，你哋兩個兩個咁排好隊，跟住我同Pure姐姐，我哋沿呢條路行出去就到巴士總站㗎啦。」他說罷轉身向我發號司令：「阿源，你跟隊尾啦！Move！Move！」

　　「喂，點解唔係你跟隊尾？」我抗議道。

　　「因為我識路，你唔識路囉。」

　　「哼！沿呢條路行出去就到巴士總站啦！」還好我剛才有聽到他的說話。

　　「好，咁你帶頭，我行隊尾囉！一陣屎滴仔又嚟拉Pure走，我驚你又好似頭先咁嚇呆晒呀！」

　　我氣得啞口無言，敏敏突然拍手大叫：「源哥哥駁唔到！源哥哥駁唔到！」

　　我翻了個白眼。有時候我真的懷疑他們是不是只是裝作低智力而已。

我望著Pure說：「咁你小心啲啦！」說罷我便拖著花花和敏敏排到隊尾去。

就這樣我們排成了一條長長的人龍。街道上幾乎沒有行人，這時我才發現，我們兩輛旅遊巴士的前後，都泊滿了其他旅遊巴士，放眼看過去，根本看不到盡頭。而那些旅遊巴士上似乎都沒有人，他們都被人捉走了嗎？還是已自行乘車走了？

這時候，我們的人龍開始慢慢移動，向Moving所指的巴士總站方向走去。可是才走了十多步，排在小真後面的電筒男突然一個屁股坐在地上大喊：「好餓呀！全日唔畀人食嘢，冇陰功呀！」

「哇！餓！」小真也大叫起來。

Pure回頭拉著小真，我隱約聽到她說：「好啦！一係我哋去食啲嘢先啦！你話好唔好呀，Moving？」

Moving卻沒有轉身看她，似是沒有聽到她們的說話，背著大家繼續望向前方；我看著他的背影時，不知為何有一種異樣的感覺。

Chapter 9
怪異

回不了頭的
屯門公路

9 怪異

「Moving？」Pure又叫了叫他，但他仍是沒有反應。

我有一種莫名的不祥感，直覺覺得Pure可能會有危險，是以我立即從龍尾走到前方，想看看正發生甚麼事。

我稍微拉開了Pure，然後極大聲地叫：「Moving？」

他才慢慢轉身，一臉緊張地看著我。

「冇嘢吖嘛？你⋯⋯咩事？」我疑惑地問。

「嗯，頭先Pure係唔係話要去食嘢？」他問，臉上的緊張神情卻沒有放鬆下來。我知道一定有甚麼事情要發生了。

「係呀！佢哋好餓。」Pure答。

「咁快啲跟我入商場搵嘢食啦！」說罷他急步轉身向人龍左面的商場入口走去。

他的步伐十分急速，急速得令我非常疑惑，即使是因為電筒男他們肚子餓，也沒必要走得這麼急吧？

人龍跟著他進了商場，他皺著眉回頭說：「大家喺度等下先，Moving哥哥去睇下有咩好嘢食。」

小真開心地大叫：「好嘢！」

Moving微笑了一下便立即轉身，快步向前走去。

我覺得他的行徑著實不尋常，是以急急對Pure說：「你睇住小真、花花佢哋，我都去睇下！」

Pure點了點頭，我便快步向Moving走的方向追上去，只見他在不遠處左右張望並急步走著，似乎在尋找甚麼，難道他真的是在找餐廳？可是商場的這一層似乎並不大，放眼看去都是「凶宅」、「百老妹」等電器店，餐廳又怎會在這一層呢？

不知他是不是察覺到我跟著他，他突然跑了起來！這時我完全可以斷定：「呢個人相當有嫌疑！」

幸好我也跑得不慢，我追著他往左面走去，在我迫近他時，只見他想推開一扇門走進去，我立即伸手抓住了他的肩膀，大喝一聲：「你去邊？」

他慌張地回頭道：「我去邊？」

「你根本唔係去搵餐廳，你到底去邊？你係唔係搵人捉我哋？」

怪異

「痴線，我搵咩人捉你呀？你而家唔好捉住我先真呀！」Moving大力甩開了我，繼續向前想推門走去。

「喂！」我又想伸手拉著他，他卻頭也不回地大叫：「急爛屎呀妖！屙完先同你講！」

這時我才發現前面是男廁⋯⋯原來，他只是肚痛而已。

等了十分鐘左右，他搓著肚子一臉滿足地從男廁出來。我不滿地走上前道：「屙屎就早響啦！個樣好似好可疑咁，以為你有咩陰謀呀！」

「你個樣直頭便秘咁呀！我唔想同Pure講我急屎吖嘛！」

「你男人老狗唔係怕醜下嘛？追住你追到我扯晒蝦！」

「跑幾步就扯蝦你根本腎虧！」

我和Moving就這樣你一言我一語地吵吵鬧鬧回去找Pure他們，只見花花等人正在「百老妹」電器店內追逐，Pure則站在外面看著他們。

「乜你哋突然咁好傾嘅？」Pure甫見我跟Moving回來便問。

Moving大力地搭著我的肩膀：「係呀！我哋原來好投契！」

「妖！你有冇洗手㗎！」我瞪著他輕聲說。

「係呢，佢哋喺人哋舖頭跑來跑去，唔驚畀人鬧咩？一陣撞跌人哋啲嘢就弊。」Moving看著花花她們說。

「我都驚，但我捉唔晒咁多個，而且，奇就奇在呢度啲舖頭冇人，連店員都冇，乜屯門區買嘢完全自助咁新潮嘅咩？」

「冇人？」我奇怪地一邊說，一邊張望四周。的而且確，這個商場雖然燈火通明，卻像是只有我們一樣。

「講笑咩，點會冇人呀？我雖然好耐冇……嚟過屯門，但係都冇可能先進成咁啦！」Moving雖然這麼說，但從他的眼神中，我也看得出他內心的疑惑。

> > > > > > > > > Chapter 10
推理

回不了頭的
屯門公路

聽到Pure和Moving這麼說，我終於按捺不住道：「其實你哋覺唔覺得，呢度有啲唔妥？或者，應該話，今日全日都好唔妥，而且今朝份早餐……」

「早餐？你指個漢堡包？」Pure不解地問。

「嗯，我哋食漢堡包，原來Moving佢哋都係食漢堡包。」我試著整理我的想法。

「你都係食漢堡包？」Moving驚訝地說。

「個漢堡包我冇食呀？有問題咩？」Pure說。

「你冇食？」我也驚訝起來。

「係呀，我都唔餓，咪擺咗喺旅遊巴前面椅背個雜誌袋，諗住回程時食囉。」Pure聳聳肩道。

「你冇食，而你見到其他人畀人捉走……你係唯一見到其他人畀人捉走嘅人！」我呢喃著，其實我也不太知道自己在想著甚麼。

「唔？阿源，你嘅意思係……」Moving說了一半，改為定睛看著Pure問：「Pure，阿源話你見到其他人畀人捉走？係咩意思？」

Pure聽罷神情一變，又立即變得緊張起來。我拍一拍她的肩膀道：「你入去睇下班嘩鬼有冇整爛人啲嘢，我同Moving講啦。」

　　Pure眼泛淚光地點了點頭，便轉身走進「百老妹」。

　　「發生咩事？」Moving見到Pure的神態，更是著急地問我，於是我便把Pure見到的事告訴他。

　　「你話……有啲著制服嘅人，捉走咗部分人？」Moving說。

　　我點了點頭。突然，我靈光一閃的像是想起了甚麼，瞪大眼望著Moving道：「你話你哋班囚犯入屯門除草，咁係唔係好多阿sir都要跟車睇住你地？」

　　「係呀，差唔多一個阿sir跟一個犯。」

　　「咁著制服嘅人會唔會係你啲阿sir？會唔會唔知咩原因，佢哋落車之後上錯咗車，將我啲團友以為係囚犯咁帶走咗？」

　　「你咁講，令我諗起有件事好古怪。我哋出嚟嗰時，阿sir畀我哋換返便服，連佢哋自己都唔係著制服，所以你講嗰班人一定唔係佢哋。」

　　他這麼一說，我才留意到不論是Moving還是那變童胖男，或是車上的屍體，全都是穿著便服的。

　　「阿sir帶你哋出去拔草，竟然人人都著便服，真係好奇怪。」我瞇著眼說。

　　「都係，其實我有聽到個阿sir同另一阿sir講，話咩『咁對佢哋可能好啲』，唔通佢哋咁好死費事我哋拔草時畀人歧視？」Moving呢喃著：「但佢哋又真係唔似咁好心地。」

　　我對於Moving說的事，也是摸不著頭腦，一時間我們兩人都沉默下來。

　　突然，他好像想起了甚麼般高聲說：「Pure見到制服佬上嚟捉人，而其他人都瞓到死豬咁，即係Pure搭車時冇瞓？」

　　「佢係咁講。」

　　「而我架車啲人都係好離奇咁瞓到死咗一樣。你知我哋呢啲人，坐車去咁遠有得望下出面個世界，冇理由個個瞓晒咁嘅……」

　　我不自覺地摸著下巴道：「講起嚟，我都唔知點解咁眼瞓，我平時搭車都瞓唔著嘅，就算塞車塞成個鐘，我都瞓唔著嘅。」

　　「講起嚟，我頭先眼瞓到好似連眼都擘唔大咁，而我平時好少會咁嘅，你話……會唔會……」Moving臉容繃緊，卻欲言又止地看著我。

　　我猜我知道他的意思，忍不住和他不約而同地大叫：「係啲漢堡包有問題！」

　　我倆震驚地對望著。我已沒法控制我的語速，就像急口令般快速地說：「啲漢堡包根本係一早混入咗安眠藥，而我哋食咗就瞓晒，班制服佬就趁我哋瞓晒去捉走部分人？」

　　Moving也急速地說：「可能拔草又好，你哋參觀紅樓又好，都係假嘅？根本冇咁嘅事，一開始就係搵個原因帶我哋嚟，再整到我哋瞓晒？」

　　我和Moving驚訝地對望著，這時花花跑過來抱著我：「哥哥，有嘢食未呀？」

　　我勉力地擠出一個笑容說：「好，我哋而家去搵嘢食……不過我想上返旅遊巴士拎啲嘢。」

Chapter 11
線索

回不了頭的
屯門公路

　　我推開商場出口的玻璃門，重新回到旅遊巴士上，找到剛才Pure的座位，一眼便看到放在前方椅背雜誌袋中那個用紙包著的漢堡包。

　　事實上我也不知為何我要拿回漢堡包，只是覺得日後可拿去化驗或是做些甚麼來證明我和Moving的想法。

　　我把漢堡包放進背囊，正要轉身離去的時候，赫然被地上的一張A4紙吸引了我的視線。

　　我彎身把紙張拾起，是一張印刷出來的旅遊巴士座位表，然後上面用藍色原子筆畫了好幾十個小交叉。

　　「奇怪，點解會有座位表？我哋搭車都冇劃位嘅。」我看著紙上的交叉更是摸不著頭腦。

　　「喂！阿源！」Moving在車外叫我。

　　我立即拿著紙下車：「咩事？」

　　「冇咩嘢，以為你死咗啫。你拎個包咋下哇？拎咁耐嘅？」Moving說。

　　「你唔係擔心我下嘛？我唔好呢味㗎！」不知為何，我對Moving這個監躉由開頭的厭惡，慢慢地建立了信任。我覺得他並不是一個窮凶極惡的人。

「小你老味，我百分百直嘅！」他說。

「喂，唔好講呢啲住。你睇下，我執到張紙。」我把紙遞給他看。

「旅遊巴士座位表？」他把紙接過來看著。

「係囉，我哋又冇劃位，上面啲符號唔知咩意思呢？」

「哼！」他把紙塞回我手上道：「理得佢啫！而家快啲醫肚先再諗！Move！Move！」說罷他快步再走進商場。

本來我以為自己找到甚麼線索想跟他討論一下，但是經他提起，我確是感到飢腸轆轆，是以我也急步跟了上去。

「咦，唔見晒佢哋嘅？」Moving在前方看進「百老妹」的店內，卻找不到Pure等人的蹤影，但我沒有驚慌，因為我聽到了花花的聲音從剛才男廁那邊的走廊傳來。

我快步向聲音的來源走去，只見他們一大班人站在扶手電梯旁，我更見到花花捧著一件蛋糕愉快地吃著。

「喂！點解你哋有嘢食嘅？」Moving快步走過去，這時我才發現，他們正圍著兩間位處於扶手電梯旁邊的小型糕餅店。

線索

Moving跑過去一手拿起貨架上小小的綠茶蛋糕，急速地送進張得老大的嘴巴中。

「喂，連呢兩檔嘢都冇店員？」我問。

「唔只咁，所有舖頭都冇人……阿源，點解會咁㗎？」Pure雖然疑惑著，卻不忘小口地吃著蛋糕。

「我都唔知，但係你哋咁擅自拎人哋啲嘢食，會唔會唔係咁好？」我邊說邊走去拉住花花道：「花花，媽咪教我哋唔可以隨便拎人哋啲嘢，你唔記得咗？」

「餓！好餓！都冇人！」花花邊大叫邊把蛋糕塞進嘴巴裡。

「喂，阿源，咁冇人都冇辦法㗎喎！肚餓就要食嘢，係人嘅本能。」Moving道。

「唔通咁就可以偷嘢咩？我唔希望花花覺得咁做係啱！」我說。

「你條友唔好咁固執啦！你呢份人，丟你去孤島住，你死硬啦，你……」Moving話未說完，卻被Pure打斷了。她說：「唔好嘈啦，我去過台中一間誠實商店，入面冇店員嘅，要買咩就自己入錢去個錢箱，不如我哋照做啦。」

她邊說邊從銀包拿出兩張一千元，想放在糕餅店的貨架上。

「嘩，乜你帶咁多錢出街嘅？」Moving一手把紙幣抓在手中。

「喂，啲錢唔係畀你喫！」我想搶回紙幣，可是Moving的一句話卻令我呆住了：「你哋一陣夠錢畀咁多人搭車返屋企咩？再講，今日發生嘅事奇奇怪怪咁，你敢講一陣唔會有情況需要用到呢舊錢咩？」

Chapter 12
抽搐

回不了頭的屯門公路

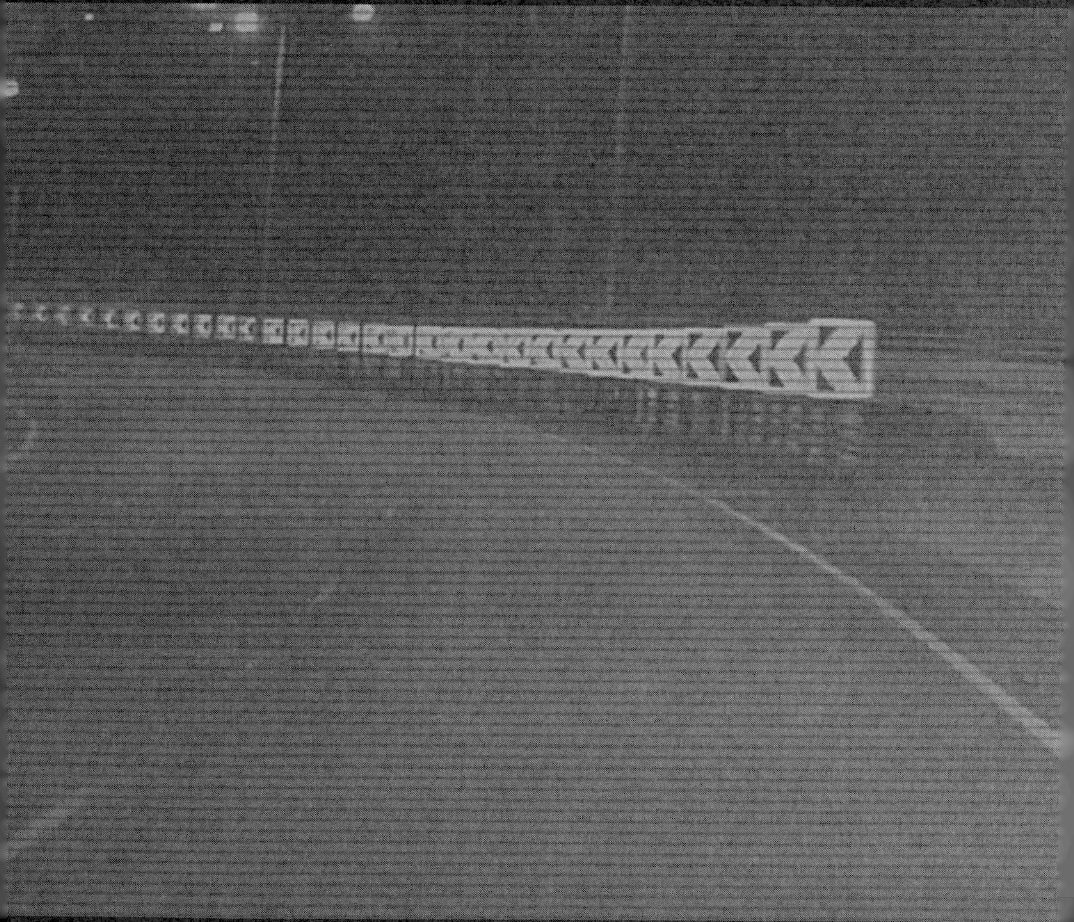

　　就在我們吵吵嚷嚷之際，我突然隱約聽到旁邊那無人的「凶宅電器」傳來奇怪的「噠」的一聲。

　　我望向店舖內，除了發現店內一個店員都沒有外，就似乎沒有甚麼異樣。難道剛才是那些電器發出的聲音？

　　就在我這麼想著之際，一個突如其來的景象瞬間解答了我的問題，因為我看到展示手提電話的一列玻璃飾櫃盡頭的地上，有一雙腳橫躺著，而那人的上半身被飾櫃擋著，是以我沒法看得見。

　　「喂，食嘢啦，餓死你呀！」Moving把一件蛋糕遞了過來。

　　我已沒心思去理會他是否拿了二千元，更沒閒情去吃蛋糕，逕自向那雙不知屬於何人的腳走去，想探個究竟。

　　「阿源！搞咩……」Moving從後叫我，然後很明顯地，他也看到眼前的異象。

　　Moving走了上來，跟我並肩走上前去。我們一步一步走近那雙腳，那雙小腿很瘦很白，蒼白得一點都不像是正常人的皮膚；及膝的褲子看來很殘舊，似乎是男裝的款式，但那雙小腿卻是瘦得令我不知眼前的人是男是女。

　　突然，那小腿動了一下，不！不是動了一下，而是猛烈地抽搐著。我和Moving不禁加快了腳步走上前去。

　　眼前的景象令我震驚不已，我不禁猛地後退了幾步，竟撞到後方的貨架發出了巨響。

　　「哥哥！」與此同時，花花發現我走開了，她立即向我這邊跑來。

　　「唔好嚟呀！花花！」我想阻止她，可是已來不及，她已一蹦一跳地撲了過來，因此那可怕的景象就立刻映入了她的眼簾。

　　「呀！」她發出了一聲尖叫，叫聲在商場迴盪，其他人也立即安靜了下來。

　　「唔好睇！冇事嘅！」我把花花拉進懷中，用手掩住了她的雙眼。

　　「好驚！哥哥！」她用力地抱著我。

　　Pure似乎也發覺有甚麼異樣，機靈地大叫起來：「花花，嚟Pure姐姐呢邊。」她邊說邊張開臂。

「 係，去嗰邊，乖！」我摸了摸她的頭頂。

她臉色鐵青地看著我，然後猛地搖了搖頭道：「 唔得！我！保護哥哥！」

她抬頭用一雙倔強的眼睛看著我，卻是令我心頭一暖。

我再摸一摸她的頭頂道：「 哥哥唔會有事，你過返嗰邊先，我同Moving哥哥都好快返。」

她遲疑著望了望我，又望了望Moving，然後一股腦兒站起來，向Pure那邊跑去。

眼前那瘦削的軀體在剛才猛烈抽搐過後已靜止了下來。我不禁呢喃著說：「 點……點解會咁？」

Chapter 13
其他人

回不了頭的
屯門公路

眼前是一個瘦弱的男人，他的上身沒有穿衣服，眼瞪得老大，嘴巴湧出了一堆白色泡沫，即使他一動不動地躺在地上，我仍可以見到他是駝背的，而胸口下方的肋骨看來比正常人的略為突出。

「佢……佢係唔係死咗？」我驚訝地喃喃自語。

「係呀。」Moving的語調卻是很平淡。

「點……點解會咁？係唔係呢度啲空氣有咩問題？或者佢會唔會都係今朝食咗漢堡包嘅人？定係有咩生化武器？抑或係喪屍……」我沒法控制自己，一連串地說著，畢竟今天遇過的事也太不尋常，我著實沒法想像眼前的是甚麼狀況。

「冷靜啲，阿源。」從Moving慵懶的語調，我聽得出他完全不緊張：「呢條道友嚟㗎！一睇就知佢take嘢take到死咗啦！」

「吓？你又知？」我驚訝地看著Moving。

也許我緊張的樣子著實太滑稽，他失笑了一下：「呢啲死道友我見好多啦！我Moving有咩未見過？」

我愕然地點了點頭，然後別過臉去不願再看那條死屍。不過知道他是吸毒致死，總比有甚麼生化武器或喪屍好。

「不過……」Moving道。

「不過咩？」我又變得緊張起來。

「呢頭都係奇奇怪怪咁，我哋都係快啲去返巴士站嗰邊。」他說罷便向Pure那邊走去。

我緊隨在後，同時拿出手提電話，又試著撥打999。「嘟……嘟……嘟……」那邊仍是無法接通的聲音，這不是太不合理嗎？

我快步跟上Moving，花花見我回來即撲過來喊叫：「哥哥！」

我拍拍她的肩膀道：「冇事啦，而家我哋去坐巴士繼續搵莊姑娘啦！」

我們一行人跟著Moving，從剛才「百老妹」旁的商場出口離去。街道仍然是寂靜得有點奇怪，我好奇地看看建在商場上方那些屋苑住宅的窗戶，在這個天已全黑的時間，那些住宅竟然沒有一間是亮了燈的，全是黑漆漆的；我又忍不住看了看手提電話，已經接近晚上九時了，到底這些住在屯門的人是還未回到家，還是都已經睡了？屯門人的生活習慣都是這麼奇特的嗎？

我們沿街道走了不到五分鐘，便到達了巴士總站。

「奇怪啦，冇巴士嘅，冇理由咁多條線一架車都冇。」Moving說。

「最遠嗰個站有兩個人排緊隊喎！」我指一指前方，那個巴士站有兩個人靠著欄杆依偎在一起，似乎是一對戀人。

說罷我們慢慢走過去，到走近了的時候，我們才看到依偎著的是兩個男人。

我和Moving不自覺地對望了一眼，然後還是我上前問道：「唔好意思⋯⋯」

「呀！」其中長頭髮的男人好像被我嚇到，驚叫了起來。

「呀⋯⋯唔好意思，係唔係嚇親你哋？」我後退了一步，差點撞到身後的花花。

那兩個男人立即站直了身子，短頭髮的道：「你哋⋯⋯你哋係人定鬼呀？」

「痴線嘅咩？梗係人啦！」Moving說。

「你哋係人？」長頭髮的男人走近摸了摸Moving的下巴道：「真係人？」

「喂！講還講唔好摸，我唔好呢味！」Moving撥開了他的手。

「你都痴線嘅，我哋係gay，但唔係濫！」那男人道。

「結婚！」花花突然興奮地指著他們大叫。

　　他們相對望了一眼後道：「可能嚟到呢個世界，我哋終於可以結婚。」

　　「咩呢個世界，你哋咩意思？」我問。

Chapter 14
天堂？

回不了頭的
屯門公路

「你哋死咗，自己唔知？」長髮男說。

「死、死咗？你點解咁講？我哋生勾勾㗎！」我震驚地說。

「都唔可以怪你哋嘅，我哋初初都唔知。」短髮男說。

「你哋講就爽手啲講，唔好慢吞吞！」Moving裝作沒事，一臉不耐煩地說，可是我見到他的眼眶卻微微地泛紅。

「你哋唔覺得呢度成個鬼城咁？人又冇，車又冇！」短髮男道。

「有呀，出面街泊咗好多旅遊巴；至於人，我哋咪人囉！」我說。

「等陣先，你……你哋兩個著到一黑一白咁，唔會係『黑白無常』啩？」Pure突然插嘴說。

「小姐，你幻想力真係豐富。」長髮男翻了個白眼。

「咁到底你點解覺得我哋死咗？」我問。

「估喋咋！」長髮男的話，令我暗地裡罵了一聲。

「其實係咁嘅，我同阿朱本身喺九龍塘搭緊車返屋企，唔知點解突然好似瞓咗咁眼前一黑，到醒返嘅時候，我哋已經喺呢度。我哋本來都好疑惑，又搵唔到車返去……」短髮男道，看來他口中的「阿朱」就是長髮男。

「等陣先，你話你哋兩個都突然瞓咗？」Moving問。

他倆異口同聲地回答：「係呀。」

「你哋搭咩車？上車後有冇人畀漢堡包之類你哋食？」Moving試探著問。

「搭咩車？我同偉哥搭Vber嘅，又點會有漢堡包食？你估搭飛機有飛機餐咩？水就有一枝！」看來阿朱口中的「偉哥」，就是短髮男。

「咁你哋有冇飲枝水？」Moving問。

「有呀，咁啱口渴咪飲。」阿朱說。

Moving和我四目相覷，卻沒有作聲。

過了半晌，我又問：「你哋本身搭緊車，醒返發現嚟咗個冇人嘅……唔係，係你哋以為冇人嘅地方，於是你哋就估自己死咗？」

「唔只，我哋其實遇過一個男人，係佢話畀我哋知我哋死咗，歡迎我哋嚟天堂。」阿朱說。

「天堂？」我、Moving和Pure大叫了起來。

14 天堂？

「你哋死晒啦！呢度！天堂！」站在花花旁的電筒男突然大叫。

「你哋死晒啦！呢度！天堂！哈哈哈哈！」花花也跟著大叫。

「嗱！個男人就係咁講啦！」偉哥說。

「你哋會唔會……太唔用腦呀？個男人可能係痴線佬嚟！」我翻了個白眼。

「你唔信？咁點解呢度報警都報唔到？而且我哋試過想call Vber，地圖都顯示唔到，打電話call車亦打唔通。」阿朱說。

「應該話，打乜電話都打唔通，連上網都上唔到。」偉哥補充說。

「上網都上唔到？」我嘀咕著拿出手提電話：「又真係冇試過喎。」

「咁都冇試過？你會唔會……太唔用腦呀？」偉哥翻了個白眼，用我的說話來回敬我。

這時我、Moving和Pure才發現，這裡的確連一格網絡訊號都沒有。

「試問香港地點會成個區連網絡都冇？而且連車都冇。我哋真係

唔知呢度除咗係另一個世界或空間，重有咩其他可能性。」偉哥說。

「邊個話冇車？出面大把旅遊巴士！如果有人有車牌，就可以返出市區！」我大聲說。

「我冇車牌㗎！」Moving道。

「我哋都冇㗎！」阿朱和偉哥道。

我聳聳肩說：「我都冇。」

當然，不用問也知道花花他們也不會有。

我嘆出一大口氣之時，卻瞄到不遠處的欄杆泊著幾輛單車，便指了指道：「一係搵幾個人踩單車出去市區搵救兵？」

Pure突然拍拍我道：「唔使咁頹啦！我有車牌㗎！」

「你有？」我出奇地問：「大巴牌㗎？」

她點了點頭：「係呀。」

Chapter 15
顧慮

回不了頭的
屯門公路

「Pure你女仔人家又細細粒，竟然有大巴牌？」Moving說。

「人不可以貌相嘅。」Pure聳聳肩笑了笑。

「咁又係，Moving你夠唔似殺過人啦。」我說。

Moving做了個沒所謂的動作，但後方旋即傳來阿朱的尖叫：「殺過人？」

「係呀，人不可以貌相吖嘛。」Moving邊說邊以凌属的眼神回頭看他。

「Moving，我覺得你好好人，一啲都唔似殺過人。」Pure對他微笑著。

我翻了個白眼，便轉了個話題道：「行返去旅遊巴嗰邊之前，我想同Moving單獨傾一陣。」

「吓？你哋兩個係唔係有咩瞞住我哋？你哋係唔係有陰謀？」阿朱說。

「係囉，有咩唔可以喺度講？」Moving問。

我看了看他，然後道：「我想問Moving一啲私人嘢。」

「哥哥，私人嘢！」花花插嘴說。

「有咩私人嘢？我份人坦蕩蕩，有咩呢度問啦。」Moving說。

「嗱，你話問㗎咋！」我說。

「嗱，你話問㗎咋！」花花模仿著說。

「問啦！」Moving手叉著腰道。

「雖然你救過我，而且我都覺得你係好人，但始終呢度報唔到警，我要保障花花、小真佢哋安全，我想知你……」我猶豫著應怎樣說下去。

「講咁多做乜？有屁就快啲放。」Moving豪邁地說。

「我意思係……嗯，一陣如果有警察追你，費事傷及良民啫。」

「放心，如果有警察，我會自首。」他聳聳肩說。

我深吸了一口氣道：「咁，重有，你……」

「男人老狗你都算煩，講嚟講去，你都係驚我係變態殺人狂，驚我殺埋你哋啫。」他說罷搭著我的肩膀，露出了一個陰險的笑容。

我猛地甩開了他,卻見他的笑容突然由陰險變成苦澀。

他苦笑著說:「有頭髮有邊個想做孅哥呀?」

「算啦,阿源,可能Moving唔想提起呢!」Pure說。

「咳咳,聽你哋對話,即係呢位Moving坐過監、殺過人,我諗講清楚好啲囉!」阿朱這時插嘴。

Moving點了點頭:「得啦,我明嘅,同個殺人犯一齊,的確係唔太安心。」他頓了一頓道:「簡單講,我殺咗我老豆。」

「殺……殺咗你老豆?」阿朱尖叫起來。

「嗰日返到屋企,佢又飲到爛醉,而且……而且重打到我阿媽瞓咗喺度。」Moving以極低沉的聲線簡短地說出這件事,似乎在壓抑著自己的情緒。

「明啦,Moving,對唔住。」我拍了拍他,示意他不用再說下去。不如為何,我想起拋棄了母親、我和花花的父親。

Moving說的話令眾人一時間沉默了下來,我們在寂靜中拖著沉重的步伐,向早上乘搭的旅遊巴士走去。我和Moving走在最前方,不消一會已到了旅遊巴士車門前。

　　當Pure跟著過來並坐上了駕駛座時,她驚叫了一聲:「冇車匙嘅!」

　　「咁大鑊!」我和Moving異口同聲地說。

　　「點算呀?點算呀?」阿朱尖叫著。

Chapter 16
座位表之謎

回不了頭的
屯門公路

「咁多架車，我就唔信其他都冇車匙。」Moving拋下這一句話後就跑了下車，我和偉哥也快步跟了下去。繞過前車車門前的男屍時，我突然剎停了腳步。

「Moving！偉哥！」我大叫他們。他們也停了下來不解地看著我。

「呢度……啲旅遊巴士少咗嘅？」我疑惑地說。

本來一眼看過去、還未計轉彎後的那十多輛旅遊巴士，現在卻只餘下三輛。

「嗯？係喎。唔通有人同我哋一樣開車走咗？」Moving問。

我點了點頭道：「頭先我哋落車入商場，到行出去巴士站，我哋一直都冇留意啲旅遊巴士，可能就喺嗰段時間，有其他同我哋一樣無啦啦嚟咗呢度嘅人開車走咗。」

「咁都唔奇，又冇巴士、的士，偷車走都唔奇。」偉哥說。

「嗯，我哋都係冇辦法先決定偷車。」我點著頭說服自己。

「喂！有啦！」Pure的叫聲在後面傳來，只見她從駕駛座的車窗伸出了右手揮動著，手上似乎拿著車匙。

我們三人立即跑回去。Moving問：「點解突然間有嘅？」

「喺地下，重有張奇怪嘅紙包住，你哋睇下！」Pure攤開雙手，右手拿著車匙，左手拿著一張皺巴巴的紙。

「茶記外賣紙有咩奇怪？」偉哥瞄了瞄道。

「你睇下角落頭？」Pure說。這時我們才留意到，角落頭用細小的字體寫著：「逃獄吧！」

「逃獄？即係講緊我？」Moving指了指自己。

「但係條車匙應該係個司機留低，唔通個司機識Moving？」Pure說。

「點都好，我哋快啲開車走啦！」我說。

「冇錯！Move！Move！」Moving高聲喊著。

「出發！」隨著Pure的叫聲，旅遊巴士徐徐開出，我們也都趕緊坐了下來。

「哥哥！坐呢度！」花花在後面叫我。

我起身走過去，發現她坐了在來屯門時坐的座位，其他人如小真、電筒男、敏敏等都一樣。

16 座位表之謎

「我今次可以坐你旁邊未？」我笑著對花花說。

「可以呀！」

當我坐下來時，我的腦海突然閃出一個奇怪的畫面，是我撿到的那張座位表上的交叉。

我好像忽然想通了甚麼。為了證明自己的猜測，我從背囊拿出那張座位表來核對。

「呀！」我不禁大叫了起來！

「呀！」花花也跟著我叫。

「請保持安靜。」電筒男突然說。

「咩料呀你？」Moving轉身過來問。

我禁不住拿起座位表，走上前向他展示，指著其中一個交叉道：「呢個係我哋屯門時一開始坐嘅位！」

Moving瞄了一眼後說：「咩意思？」

「我本來係坐呢個位，但係花花中途叫我坐後面呢個位。」我指著另一個空白沒有交叉的座位。

這時偉哥和阿朱都靠了過來問：「即係點？」

「我啱啱睇過，花花佢哋坐嘅位都係冇交叉嘅，而其他被人捉走咗嘅家長、屋企人等等，都係坐有交叉嘅位。」我急速地解釋著。

「你話有人被人捉走咗？」阿朱問。

「係，詳情我一陣先講，總之我懷疑因為我調咗位，而啲制服佬係睇住座位表嚟捉坐喺交叉位嘅人，所以我避過一劫。重有，打咗交叉嘅位都係病患者嘅家長同屋企人坐嘅。」我壓低聲音道。

「但係Pure都冇事喎，佢又調咗位？」偉哥問。

「當時佢縮低咗，可能啲人見嗰個位冇人就冇特別去搵佢。」Moving撫著自己的下巴道。

「即係話，一開始就定好咗要捉走邊個。」偉哥說。

雖然座位表的交叉之謎好像解開了，但是我們仍想不通為甚麼那班穿制服的人要這麼做。如果我當時也被人捉走了，我現在會在哪裡？會不會已經死掉？

「嘰！」突然，Pure急剎停了旅遊巴士。

Chapter 17
天真

回不了頭的
屯門公路

回不了頭的屯門公路
天真
17

偉哥和阿朱像滾地葫蘆般滾到了地上。

「喂！咩事呀？」我向著前方的Pure大喊。

「啱啱有個人影好快咁走出馬路。死啦，都唔知有冇車到佢添喫？」Pure說。

「等我落去睇下。」我站起來走近車門，看到旅遊巴士原來停了在屯門法院外面的馬路。

「開車門……」「啪！」本來我想叫Pure開車門，可是話音未落，隨著一下「啪」的一聲，我見到一個人大力拍打著車門的玻璃。

我認得這個男人，他就是Moving說的屯門屎滴仔。

「啪啪啪！」他大力拍打著車門，而且雙眼直瞪著駕駛座的Pure，並發出了無內容的吼叫聲。

「Pure，慢慢開車走啦，唔好理佢。」我說。

這時偉哥爬了起來看見屎滴仔，便道：「咪就係呢個男人話我哋知，我哋已經死咗上咗天堂囉！」

「痴線佬講嘢你都信？」我翻了個白眼。

「其實屎滴仔都係一個可憐人嚟，唔知佢阿媽去咗邊，點解冇人看住佢嘅呢？」Moving說。

這時旅遊巴士又慢慢向前駛，屎滴仔見狀退後了幾步，Pure便立即加速，趁快把屎滴仔拋離在車後遠方的路中心。

「Moving，我唔識路呀，出市區係唔係行呢條路？」Pure問。

「係呀，前面一轉彎就上屯門公路喋啦，Move！Move！」

我返回花花旁的座位坐下，拿出手提電話看看，發現仍是連不上任何網絡。

試大膽設想，如果這裡是天堂或是另一個世界，為甚麼那屯門屎滴仔也會在？但如果這裡是正常世界的屯門，那為甚麼手提電話完全沒有訊號？為甚麼在商場、巴士站都是渺無人煙？

這時巴士相信已駛上了屯門公路，我看著窗外陌生的風景，心裡渴望快點回到家；我留意著公路旁那些住宅的窗戶，現在是晚上十時多，那些大廈除了後樓梯的電燈亮起外，其他單位竟都是漆黑一片。

「哥哥，莊姑娘？敏敏媽媽？」花花突然抱住我的手臂問，她似乎已察覺到甚麼不妥。

我撫了撫她的頭髮道：「好快見到佢哋喋啦。」

天真

我回頭看看斜後邊的敏敏,她好像沒有意識到甚麼,或是她仍以為媽媽在跟她玩捉迷藏。

我無意識地扭動了一下疲累的脖子,然後重重地嘆了一口氣。

旅遊巴士在屯門公路上飛快地奔馳,漸漸遠離了住宅大廈密集的地方。現在巴士的右邊是一片大海,我看到前面遠處的汀九橋,橋上的燈光在夜色中尤其美麗。

而最令我振奮的,是連接著汀九橋的那個相信是青衣的地方,還有對岸的大嶼山,上面的高樓大廈並不像屯門那些般黑漆漆,而是燈火通明!而且,我還見到天上有客機飛過,這一切看起來是多麼的正常!我相信,只要離開這個奇怪的屯門區,一切就會變回我所熟悉的環境,到時我便可以再想方法去尋找或營救那些被捉走了的人。

就在我如此想著的時候,旅遊巴士的車速突然減慢了下來;當我正覺得奇怪之際,車已完全停了下來,隨之而來是Pure的叫聲:「塞車呀!」

「塞車?」在前方的偉哥、阿朱和Moving異口同聲好奇地問道。

「真係好多車喎!」我循著Pure所指的方向看去,在我們的旅遊巴士前,粗略看也足足有十多二十輛旅遊巴士,塞滿了屯門公路上的全部路線。

　　「唔通係其他同我哋一樣遭遇嘅人？我哋四隻佬落車問下啦！」
Moving說罷站起來，我和偉哥、阿朱也跟著準備下車。

　　可是，就在我們下車之後，我才知道以為一直駛過去便可得救的想法是多麼的天真。

Chapter 18
前進

回不了頭的
屯門公路

　　我和Moving、偉哥、阿朱下了車向前面的旅遊巴士走去，可是車上竟是空無一人，連司機都沒有。於是我們又再走前一點，其中五輛旅遊巴士經我們查看後，竟都是空車來的。

　　「咁奇怪嘅，啲人去晒邊？」阿朱說。

　　「開咗架車嚟，前無去路，如果想返轉頭一定會開車走，但而家留低架空車，唯一嘅可能就係……」Moving又撫摸著自己的下巴，然後我們四個幾乎是同步地說：「啲人落晒車行！」

　　Moving點了點頭道：「不過由呢度沿屯門公路行出市區都幾遠。」

　　「唔使驚，你哋望下，前面汀九橋同嗰邊青馬大橋上面都好似有車行緊，只要我哋堅持行到嗰度，我諗就可以搵到人幫我哋！」我說。

　　「咁又係，而且中途會經深井，可能嗰度都有救兵。」Moving說。

　　「咁快啲叫晒佢哋落車一齊行啦！」阿朱說。

　　「Move！Move！Move！」Moving說。

　　就這樣，我們所有人離開了旅遊巴士，在深夜的屯門公路上，用雙腳慢慢向前走去。

　　昏黃的街燈照在公路上，我們像鬼魅一樣慢慢行走著。不知為何，我覺得這個畫面很像在甚麼喪屍或末日電影中見過。我們可以安全離開嗎？可以救回被捉走的人嗎？

　　右面的大海平靜而且漆黑，我根本看不清楚會不會有甚麼東西躲在海中；身後電筒男的腳步聲有點重，令我好幾次回頭看是不是有甚麼不明生物在後面；除了電筒男的腳步聲外，前方很遠的地方有時還會傳來一連串奇怪的聲響，我期望那是汽車行走的聲音或是人群的喧鬧。

　　才走了十分鐘，花花已累得放慢了腳步，可是前方的汀九橋仍是那麼遙遠。

　　「我諗呢度行到汀九都有成六、七公里，我哋行下唞下啦，中途經深井可以落去望下。」Moving說。

　　我點了點頭，可是說時遲那時快，花花已一股腦兒坐在地上，大聲嚷著：「眼瞓！唔玩！」

　　我彎身哄她：「你咁樣，媽咪如果知道會唔開心㗎，你唔係應承咗媽咪會聽話嘅咩？」

　　花花噘著嘴，豆大的眼淚從眼眶滾了下來。

回不了頭的屯門公路

18 前進

「媽媽！媽媽！」那邊廂敏敏也蹲在地上哭了起來。

我嘆著氣。就在我不知所措之際，電筒男說：「你哋唔玩，渣！贏咗獎品，你哋冇份。」

花花擦著眼淚看看電筒男，又看看我，然後站了起來走向敏敏，在她面前伸出了手道：「敏敏，唔好喊，勇敢啲！我哋！」

我看著眼前這班患者，雖然他們的智力比正常人低，但他們一樣會擁有善良、勇敢、堅強等優點。

就這樣我們又繼續緩慢地前進。走了接近一小時後，Moving說：「前面就係深井啦，但係⋯⋯」他沒有把話說完，可是我想大家都知道他要說甚麼，因為放眼看過去，深井的那些住宅大廈跟沿路過來所見的一樣，除了後樓梯有燈光外，其他單位都黑漆一片。

我們一行幾十人站在路邊看著眼前的景象，誰也沒說出一句話來。

過了半晌，Moving才道：「唔緊要，只要行多陣到汀九橋就有救啦！Move！Move！」

事情真的會這樣簡單嗎？

Chapter 19

前 無 去 路

回不了頭的
屯門公路

我們收拾心情又再向前行。經過從屯門公路出深井的路口時，我們都不約而同向下看著深井的街道，這時候的街道上一個人都沒有，顯得十分詭異。

「到底發生咩事？」阿朱不安地說。

「殊！」Moving突然示意我們安靜下來。

我望向他，他合起了雙眼不知在做甚麼。

過了半晌，他才緩緩地說：「前面有人。」

屯門公路在深井出口前的一段，剛巧是一個大彎位，加上停泊著的旅遊巴士阻擋了視線，我們根本看不到公路前方的狀況。

我不解地看著Moving道：「你又知？」

「我聽到有好多人細聲講嘢嘅聲。」

「好多人？」我學他閉上眼傾聽，卻甚麼都沒有聽到。

「會唔會係旅遊巴士上面有人？」偉哥邊說邊向前走，沿途伸長著脖子透過車窗向各旅遊巴士的車廂內張望，可是車廂中都是空無一人。

我們其他人都在偉哥後面，沿著屯門公路向前走。

果然，在走了十分鐘之後，我也開始聽到前方有一些人說話的聲音，卻沒法聽得出他們在說甚麼。

因為聽到前方的聲音，我們都不約而同地加快了腳步。當我們沿著公路向左轉時，眼前的景況令我們都目瞪口呆！

在我乘坐的旅遊巴士不知何故到了這個奇怪的屯門後，除了同車的人、屎滴仔、那死掉的道友和同樣是從市區來的Moving、偉哥和阿朱外，我再沒有見到其他人，所到之處都是冷冷清清的，連住宅中的居民都不知到了甚麼地方，但現在在我眼前，竟然有目測約數百人背著我們，站在屯門公路之上。

「嘩！點解咁多人嘅？」阿朱說。

那些人有男有女，有不同年紀的，有些在輕語，有些卻默不作聲，但他們有一個共通點：他們都是向著前方張望。

我循著他們的視線向前看，一個更令我震驚的景象出現在我眼前。

「點……點解會咁？」Pure顫抖著聲音說。

在人群前方的屯門公路，先是有一排比人還要高一倍的鐵欄，鐵欄後方竟然停放著坦克！而且不是一輛，是三輛！

「咩事？」Moving皺著眉呢喃著。

我們就像是不能控制自己的腳步般向著人群走去，很快便成為了人群的最後一排，這時我才留意到人群中部分人的樣貌，一看便知道是唐氏綜合症的患者。

「Moving？」人群中突然有一把聲音叫道。

Moving驚奇地看過去，然後叫了一聲：「傻強？你……又係啲阿sir話車你嚟拔草，所以你嚟咗呢度？」

「係呀！」一個跟Moving梳著差不多髮型的中年男人從人群中擠了過來。

「咁而家咩環境？」Moving問。

「我都唔知呀，我偷咗架旅遊巴士，車埋呢班細路過嚟，諗住返市區。」傻強指了指那群唐氏綜合症患者，然後又說：「點知嚟到勁多旅遊巴士塞死晒，我咪帶住佢哋行囉，行到呢度就咁啦。我問過前面有啲人，佢哋都係咁上下情況，只係早嚟過我哋咁解。」

126

「咁你嚟咗幾耐?」Moving問。

「我冇錶呀,感覺上都嚟咗就快一個鐘。」傻強說。

Moving用手撫摸著下巴,陷入了沉思中,過了半晌才開口道:「知唔知啲坦克上面有冇人?可能裝假狗㗎喎。」

咁我又唔知喎。傻強邊說邊摸著自己的頭頂短短的頭髮,然後突然想起甚麼似的說:「呀!頭先有人想爬過個鐵欄走,架坦克都冇乜動靜,可能真係冇人。」

「咁嗰個人走甩咗?」我不禁緊張地問。

「又冇走甩喎,佢跌咗落嚟,聽講話個鐵欄好跣手喎!」

「轟!」突然,前方傳來了一下巨響。

>>>>>>>> Chapter 20
血腥

回不了頭的
屯門公路

回不了頭的屯門公路

血腥

「啊!」隨著「轟」的一聲,人群起哄的聲音在前方此起彼落,原來其中一截鐵欄遭前面的人群推跌,撞了在其中一輛坦克上,以致發出巨響。

不知為何,我突然有一種強烈的不祥預感,趕緊轉身伸手抓緊花花的手道:「花花,跟住我,點都唔好鬆手!」

「哦!」花花邊說邊伸手抓緊身邊的敏敏道:「敏敏,跟我!唔鬆手!」

Pure見狀也緊拖著小真不放。

我再轉身望回前方,只見有些人開始爬上斜放在坦克上的鐵欄。與此同時,坦克那邊突然傳來尖銳的「吱吱」巨響。

「係擴音機嘅聲!」我呢喃著。

果然,廣播聲音隨即傳來:「請你哋後退!請你哋後退!」

「唔退!唔退!」前方的人大聲叫囂。突然,一個身影撞向我的左邊肩膀,然後邊叫著邊向前衝:「唔退!唔退!」

「喂!」我不禁驚呼了起來,因為那跑去前方的是電筒男!轉瞬間他已闖到了前方人群中,準備爬上鐵欄。

　　「啪！」其中一輛坦克上的門突然打開，一個穿著制服、戴著頭盔面罩、手持步槍的士兵冒出頭來。

　　前方人群見到士兵出來，更是群情洶湧，大叫著：「衝呀！」

　　「轟！」

　　「轟！」

　　「轟！」

　　三下槍聲突然響起。

　　「啊！呀！」我見到爬在鐵欄上的電筒男中槍後從高處跌倒在地上。說時遲那時快，更多的士兵從坦克走了出來，人群開始尖叫著及後退。

　　「仆街啦今次！」我禁不住驚叫起來：「走呀！走呀！」

　　隨著我的叫聲，後面有更多人在尖叫，而且有更多的槍聲響起。

　　我拉著花花，花花拉著敏敏，我不知道也顧不了Pure、小真和Moving等人是不是在我身後，只管捉著花花的手瘋狂地向剛才來的路逃走。

「嗚哇!嗚哇!」花花邊跑邊大哭,可是我沒空安慰她,只能不停地向前跑。

當我們快速跑到彎位時,槍聲好像變得疏落下來,當我回頭一看,只見Pure、小真、偉哥和阿朱都在我身後,而Moving則揹著傻強跑過來。我再看遠一點,遠處剛才是人群聚集的地方,現在已是遍地屍骸。

「快啲!快啲返旅遊巴士開車走!傻強受咗傷!」背著傻強的Moving吃力地說。

我們又再向前跑,原來人在危急的時候,根本不會疲累,剛才需要個多小時才走完的路程,我們幾個人現在頃刻間竟已到達,紛紛湧上了旅遊巴士。

「快啲開車!」阿朱說。

事實上他還未說完,跳上了駕駛座的Pure已把旅遊巴士的引擎開動了。

「吁吁!嗚……」在大家的喘氣聲中夾雜著花花、敏敏和小真的哭聲。

　　這時我聽到駕駛座那邊也傳來了Pure的啜泣聲，可是這時候，誰都沒法說出一句安慰的說話。

　　「Pure，去醫院！我教你點行。」Moving說。

　　「但係，醫院應該都冇人。」阿朱說。

　　「冇辦法，就算冇人，應該都有嘢止血。」Moving顯得相對地冷靜。這時我才有空看看傻強，他的腰側中了槍，鮮紅的血液流到椅子上，而Moving的背部也沾滿了傻強的鮮血。

Chapter 21
屯門醫院

旅遊巴士在屯門公路上飛馳，我拿出手提電話查看，卻發現電話已沒有電了。

我無奈地左右張望，卻見阿朱不知為何在埋頭看手提電話中的照片。

這時花花她們已由大哭變成了啜泣，我一把拖著花花的手道：「哥哥喺度，一定會保護你。」

花花點了點頭。事實上我根本沒法確定自己能否保護她，因為我連正面對甚麼的狀況也沒法明白。

我環顧著整個車廂，這輛本來坐滿了人的旅遊巴士，現在只餘下九人；這個本來充滿著愉快氣氛的旅程，現在只餘下驚慌。

過了約二十分鐘，旅遊巴士終於停了在一看便知是醫院的地方前。

「嚟啦，傻強，我孭你入去急症室！」Moving邊說邊拉起傻強的手，但他的手卻是癱軟著垂了下來。

「傻強！」Moving緊張地大叫起來：「傻強！唔好瞓呀！」

他大力把傻強拉扯到自己的背上，一股腦兒地想向車門跑去。

「Moving！Moving！」我追著他大叫：「佢走咗啦！冇用啦！」

Moving終於停下了腳步，緩慢地回頭，用一雙滿佈紅筋的眼睛看著我，過了半晌才吐出了一句：「嗯。」

他慢慢把傻強的屍體放在座椅上。這時，坐著的偉哥突然乾笑了一聲。

我看著Moving好像帶點憤怒地看過去，但他卻又瞬間變了臉，緊張地看著偉哥。

我趕忙走上前去看個究竟，同時阿朱發出了一聲驚叫，只見偉哥移開了蓋在肚子上的外衣，那是血紅色的一片，原來偉哥的肚子也中了槍！

「偉哥，你做咩唔出聲？我哋快啲去急症室！」阿朱大叫著。

「你話喫嘛！醫院都冇人，去到都冇用啦！」偉哥虛弱地說。

「吼！」Moving突然怒吼起來，一把拉開阿朱，向偉哥撲去。

「我唔會畀你死！我唔會畀你死！Move！Move！」他不知哪來的力氣，強硬地把偉哥抱起，然後狂奔下車。

我向Pure說：「Pure，你同花花、小真、敏敏留喺車上！我好快返！」然後我和阿朱也慌忙下車，追著Moving跑。

「我唔會畀你死！偉哥！我唔會畀你死！傻強！我唔會畀你死！Move！偉哥！Move！傻強！」Moving像瘋了般邊跑邊亂叫，我不知他到底是不是分得清懷內的是偉哥還是傻強。

我們一群人跑進了屯門醫院的急症室，內裡一如所料，一個人都沒有。

Moving把偉哥放在病床上，四處張望且唸唸有詞道：「我要箍！我要箍！」

這時阿朱撲到了偉哥身旁，眼淚從臉上不停地流下來。

Chapter 22
婚禮

回不了頭的
屯門公路

回不了頭的屯門公路

婚禮

「偉哥！唔好離開我！」阿朱聲嘶力竭地說。

「有箝啦！有箝啦！」Moving大叫著跑來，同時我也拿了清毒藥水和包紮的用具。

可是，眼前的偉哥已流了太多血，鮮血滴在白色的地板上，看著確是驚心動魄。

「我……我而家夾個子彈出嚟。」Moving輕推開了阿朱，深呼吸了一口氣道。

我們沒有人有醫學方面的訓練，連麻醉藥都不懂用，所以只能用最直接的方法去處理偉哥的傷口；Moving拿著箝子的手一邊顫抖，一邊向著偉哥的傷口伸過去，我屏息靜氣地看著，阿朱則站在旁邊啜泣。

可是當箝子輕觸到偉哥時，他立即痛苦地大叫起來。

阿朱又撲了過去，緊握著偉哥的手道：「忍下啦！好快得㗎啦！我哋咁辛苦先得到屋企人接受，我唔准你走啊！」

Moving拿著箝子的右手猛烈地顫抖著，他猛然用左手用力抓住了自己的右手，以讓右手不要晃動得那麼劇烈。

他又深吸了一口氣，終於把箝子伸了進去。

　　「呀——！」偉哥痛苦地叫喊著，我和阿朱則用力壓住他，不讓他亂動。

　　空氣中盡是血腥味，我沒有再望向傷口那邊，而是咬著牙關用力抓住偉哥。

　　不知過了多久，Moving終於長長地呼了一口氣道：「拎咗出嚟啦。」他說完後就整個人癱軟在地上，重重的呼著氣，箝子上的子彈掉了下來，發出了「噹」一聲。

　　我立即用消毒藥水為偉哥的傷口消毒，當透明的藥水抹上去時，便即時跟鮮血混在一起，變成血紅色的流下來。

　　我用我僅有的知識去用棉花、紗布等搗住傷口，希望能為他止血。

　　「阿朱。」偉哥突然虛弱地叫著。

　　「偉哥！好快冇事㗎啦！」阿朱說。

　　「反正……呢度都唔知係唔係香港，都冇法律可言，我哋……我哋結婚啦！冇人會阻止我哋㗎啦！」偉哥邊說邊痛苦地呻吟著。

　　「好，你好返我哋就結婚啦！」

　　偉哥竭力地搖了搖頭，道：「而家啦，再唔結，冇機會啦。」

143

婚禮

Moving雖然已把子彈拿出，而我亦用力搗住了傷口，可是偉哥的血還是不住地流到我的手上、不停地滴到地板上。

我想，沒有人比偉哥更了解自己的狀況。

偉哥的嘴唇顫抖著，艱辛地吐出每個字：「我，藍福偉，願意嫁你……你……朱家康，為我……我合法丈夫。」

阿朱縱使哭得整個人發抖，也立即接著說：「我，朱家康，願意嫁你……你……藍福偉，為我……我合法丈夫。」

「阿朱，你……你要生存落去。」偉哥說。

阿朱點頭，用雙手捧著偉哥的臉，然後合上眼吻了下去。

偉哥也合上了眼，但從此就沒有再張開眼了。

我雙腳無力地跌坐在血淋淋的地上，和Moving一起呆望著這個血紅色的婚禮。

過了良久，阿朱抬起頭說：「我想……將偉哥擺去殮房。」他邊說邊把偉哥的屍體拖起來，放了在自己的背上。

我點了點頭，Moving也站起來道：「係咁，我都去搬埋傻強過嚟。」

　　我們幾個又回到旅遊巴士。Pure見到阿朱背著偉哥走來，本來高興地問：「偉哥佢冇⋯⋯」可是她大概看到我們悲傷的神情，所以沒有把話說下去。

　　「我哋帶傻強同偉哥去殮房。」Moving的聲線顫抖著說。

　　「嗯。」Pure回應道。

Chapter 23
鶼鰈

回不了頭的
屯門公路

回不了頭的屯門公路

鶼鰈

Moving背著傻強，阿朱背著偉哥，我搶先走在前面，沿著指示牌尋找去殮房的路。

當我們抵達殮房、他們把傻強和偉哥安放在裡面後，阿朱卻遲遲不願挪開腳步離去。

「我真係想跟埋你走。」我站在阿朱旁邊，聽到他對著偉哥的屍體輕語。

「阿朱，偉哥最後嘅希望，係想你生存落去。」我說。

阿朱轉過頭來看我，眼中滿是淚水地點了點頭道：「我會證明畀所有人睇，同志嘅愛情就好似平常人嘅愛情咁，可以好真摯；我會證明……同志嘅婚姻都可以恆久。」

「行啦。」Moving拍了拍他的肩膀，然後轉身步出了殮房。

當我們走到醫院主座的出口時，我突然見到左面的走廊好像有一個黑影閃過。

「邊個？」我下意識地望向那邊大聲問。

「咩事呀？」Moving問。

「我見到嗰邊好似有人行過。」我指一指前方。

148

Moving聽罷像是無所畏懼般向我指著的方向前行,我和阿朱當然也跟了上去。

前方突然傳來「蓬」的一聲,那是醫院後樓梯的門被關上的聲音,而這兒一點風都沒有,那麼,即是說有人剛推開門去了後樓梯!

「Move!」Moving大喝了一聲後,我們立即追了上去,果然一推開門,便見到一個身形瘦削矮小的阿伯沿後樓梯向上慢慢走去。

「喂!」我大聲叫他,他卻沒有聽到似的。

「佢……佢人定鬼呀?冇反應嘅?」阿朱說。

那名阿伯走到二樓推門出了去,我們慢慢跟著他,只見他來到了醫院的餐廳,然後逕自入了廚房。

我們在外面鬼鬼祟祟地偷望進去,竟見到那阿伯背著我們煮食。

「照計,鬼係唔會煮嘢食㗎可?」阿朱探頭探腦地問。

我聳了聳肩,慢慢地步入廚房叫他:「阿伯。」

他沒有反應。我回頭看看Moving,他又試著叫了聲:「阿伯。」

可是他仍是沒有反應。

「阿伯！」這次我們同聲大叫，那阿伯嚇得整個人跳起，然後轉身大喝道：「人嚇人冇藥醫，咁大聲做乜？」

「我哋叫咗你好多聲，你聽唔到吖嘛。」我嘀咕著。

「聽唔到呀！大聲啲啦，後生仔！」他指了指自己的耳朵道，原來他有聽力障礙。

「阿伯，你喺度做乜？」阿朱大聲說。

「煮嘢囉！盲咗呀你？」阿伯翻了個白眼，轉身繼續邊煮邊說：「再唔煮餓死啲病人。」

「病人？呢度重有病人？」我著急問。

「係呀！咪留返啲老弱殘兵喺度囉！咦……？」阿伯突然放下鑊鏟，轉身疑惑地看著我們問：「你哋咁後生做乜喺度嘅？」

「等陣先……」Moving呢喃著，然後大聲說：「阿伯，你知唔知成個屯門冇晒人？」

「哼！我係屯門通，我會唔知？」他一臉自傲地說。

「咁點解會咁㗎？」我趕忙問。

「本來佢哋都叫我搬去市區㗎，不過我個衰婆喺醫院，我唔想走，咪匿埋喺度囉！」阿伯說。

「邊個『佢哋』？」我問。

「政府囉！一大班人著住制服，重唔係政府？又要我搬，又唔畀我帶埋衰婆搬，話佢病得太重喎！」

「吓！即係乜事呀？」阿朱問：「唔通住屯門啲人搬晒去市區？」

阿伯沒有理會我們，而是逕自煮好一大盆熱騰騰的、奇怪的、像稀飯的食物，端著步出了餐廳。

「我幫你拎吖。」Moving把食物接了過來，再輕聲跟我們說：「跟去八下啦。」

我們跟著阿伯來到腫瘤科病房，只見他用個小碗子盛了一點稀飯，端了進去，放在一個阿婆床前的桌子上。

「食嘢啦，衰婆！」他扶著阿婆坐了起來。

阿婆看來有點虛弱，但說話聲量卻比我想像中大：「又食呢啲嘢！好難食呀！你識唔識煮嘢㗎？」

鵝鰈

「食你就食啦！咁多嘢講！」阿伯呼喝道，然後他轉身跟我們說：「一個二個懵卵咁，上到嚟就做嘢啦，拎啲碗仔分飯畀其他人食啦！」

「哦……」我們唯唯諾諾地回應他。當我們開始分飯時，聽到那阿婆說：「唔好成日講粗口啦，你都食返啖嘢暖胃啦。」

「你餵我，我咪食囉！」阿伯說。

Chapter 24
青山醫院

回不了頭的
屯門公路

「阿伯，你會一直留喺度？」阿朱問。

「係呀！我唔會丟低呢個衰婆，佢冇咗我邊掂呀？」阿伯再次自豪地說。

「你冇咗我唔掂就真！」阿婆說，蒼白的臉上卻是甜絲絲的表情。

「你都懵嘅，我同人講為咗你咋，你又當真？呢度食好住好，周圍拎嘢食唔使錢，我又唔使再做嗰份爛鬼看更工！」阿伯繼續霸氣地說。

「但係，呢度冇醫生，婆婆佢……」阿朱又問。

「你估啲醫生護士好好，你粒懵卵冇睇新聞？好多醫療事故㗎，唔死都畀佢哋整死。」

「咪講咁多嘢啦！食嘢啦！」阿婆大聲道。

的確，他們現在這樣，可能比以前還幸福。

我們三人離開屯門醫院返回旅遊巴士，只見花花等人都累得半臥在椅子上睡著了，而Pure也托著腮子在駕駛座上小睡。然而我踏進車廂

裡時，腳步聲卻把她吵醒了。

Pure一臉溫柔地看著我身後的阿朱說：「阿朱，節哀順變，唔好咁傷心。」

阿朱點了點頭，疲累地坐了在椅子上。

跟著上車的Moving道：「Pure，你沿呢度駛去前面，我想去一個地方。」

「嗯。」Pure邊回應邊把車開動。

我疲累地看著窗外，感到腦袋快要爆炸一樣，沒法子思考。

花花等人睡得很熟，此刻我暫不用應付花花她們的情緒和疑問，我不禁暗自舒了一口氣，而就在此時，我好像突然明白了甚麼。

旅遊巴士大約只前行了兩分鐘，Moving便道：「係呢度啦，停一停啦。」

我望向窗外，是青山醫院。

「我哋嚟呢度做乜？」我問。

Moving站了起來走向車門，道：「我想證實我嘅諗法，你哋唔使

跟我去，我好快返。」

「唔好啦，我同你一齊去啦！」

Moving拍了拍我的肩膀，然後我們便一起下了車。

穿過青山醫院大門，我們推開了一扇玻璃門，裡面右邊是一張甚麼都沒有的桌子，前方是一個接待處，櫃枱上寫著：「訪客請先登記。」

因為根本沒有人接待我們，所以我們並沒有打算要登記，而是直接向接待處旁的另一道玻璃門進發。

Moving伸手想推門，卻發現門是鎖著的。

他瞇著眼望向玻璃門的另一端，四處張望的我則疑惑著他到來是為了甚麼。

「咯咯。」他突然輕輕敲了敲玻璃，然後指一指裡面道：「果然係咁。」

「咩呀？」我循他指的方向看過去，只見裡面是個露天的庭園，有些有蓋通道連接著幾座不同的建築物。庭園中間有幾個穿著寶藍色衫褲的人，其中一個詭異地在地上爬行，另一個則抬頭望著天空唸唸有詞不知在說甚麼，還有更多是在漫無目的地繞著圈子走。

「一睇就知佢哋痴線。」Moving說，然後嘆著氣道：「走啦。」

「吓？」我還是不明白他來青山醫院的用意是甚麼。

只見他繞到接待櫃枱後方，左看右看後伸手不知按了甚麼，我旁邊的玻璃門發出了「咔」的一聲，門鎖開了。

「喂，你做咩開咗個鎖，一陣啲痴線佬走晒出嚟點算？」我問。

他木無表情地拍了拍我：「行啦！上車先講。」

Chapter 25
離隊

回不了頭的
屯門公路

我滿腹疑惑地跟著Moving，甫離開青山醫院，老遠便看到阿朱站在巴士車門外，Pure則站在他身後。

「咩事呀？」我緊張地問。

「阿朱話要走呀！」Pure說。

「係呀，我哋都要再諗辦法離開屯門。」我說。

「唔係，我意思係……我唔跟你哋車啦，我而家就走。」阿朱說。

「你知點走？知就帶埋我哋啦！」我說。

「我意思係，我想好似阿伯咁留喺屯門，你哋走啦！」

「吓？咁你……」他的回答令我十分震驚，我本來有一連串疑問，卻被Moving打斷了。他用十分平淡的語調道：「都係嘅，留喺度可能更好。」

我和Pure面面相覷，不禁異口同聲問：「究竟咩事呀？」

Moving睨視著我道：「Pure就話冇跟嚟咩都唔知啫，你竟然都唔明？你真係同花花差唔多。」

我瞪著他說：「講還講，唔好講屋企人呀！」

「好好好，對唔住！」Moving跟我道歉完卻還是沒有解答我心中的疑團，反而望向阿朱道：「咁你而家打算去邊？」

「呀！我都想問你，呢個地址點去㗎？」阿朱遞了他的手提電話給Moving看，屏幕上是一張明信片，上面寫著一個地址。

「係咩地址嚟㗎？」我問。

「哦，係一個舊同學嘅地址嚟，我之前去旅行寄過明信片畀佢，又咁啱影低咗；我而家打算去佢屋企望下，雖然我覺得佢好大機會唔喺度，但至少我想去試下，如果冇人應門，我咪搵啲嘢整爛個鎖入去住囉！我會好似阿伯咁喺呢度生活落去，因為……因為偉哥都喺呢度，我走返出市區都冇意思。」

「阿朱……」Pure似是想安慰阿朱，卻又說不出甚麼話來。

「等我望下個地址……」Moving靠前去邊看邊唸那個地址：「兆康苑兆順閣？」

他抬起頭四周張望，然後指了指前方一群棕色的住宅大廈道：「兆康苑好近好易認，嗰幾座就係啦。」

「太好啦，原來咁近！咁……」阿朱猶豫了一下，但最終還是堅

回不了頭的屯門公路

25 離隊

定了決心道：「咁我走啦，你哋要保重，希望你哋都平安返到去。」

他說完便瀟灑地轉身就走，Moving則再望向我們道：「我哋都要再出發，我諗我哋可以試下行青山公路。」

Pure說：「對唔住，但係我真係好劫，如果要再揸車，我諗而家要喺車度瞓一陣先。」

Moving點了點頭：「都好，我諗而家都半夜三、四點，我都想哪陣，我哋日頭再出發啦。」

「嗯。」Pure回應道。

這個時候，我的心裡滿是疑問。其實我也隱約猜到Moving說的狀況是甚麼，可是我著實難以相信這種荒謬的事情會發生在香港，正確來說，這種事情根本就只有那些如棟你個篤、望日等閒著沒事幹的小說作者才能想得出來，但我現在卻是真真確確的置身其中，我實在渴望，一切都只是誤會。

我試著回想由早上出發開始的每件事，希望把各種線索組織、整理起來，好讓自己能推敲出更合理的解釋；可是一整天沒有休息的我，卻不能自控地慢慢睡去了。

如果一切都只是夢境，那該多好。

164

Chapter 26
青山公路

回不了頭的
屯門公路

我惺忪著張開了雙眼，發現自己躺了在床上，這是我家的床，被子妥當地蓋在身上，令我感到十分暖和；晨曦的陽光穿過寶藍色的窗簾照到我的臉上，咦？奇怪了，我睡房的窗簾怎會是寶藍色的呢？

「喂！醒啦！」一把男人聲在叫我。

我下意識地用手擋著刺眼的陽光，竭力睜開雙眼，剛才的睡房竟然變成了旅遊巴士的車廂。

眼前的Moving不住地叫：「醒啦！醒啦！」

原來一切詭異的經歷都不是夢境。

「你有冇咁好瞓呀？我行去附近啲超市拎咗堆嘢食嘢飲，食啲嘢補充體力啦！」他指了指我旁邊的座椅，上面有一大堆餅乾、巧克力和紙包飲品。

我轉身看看花花，她和敏敏、小真正起勁地吃著蛋糕。

這時我才發現，旅遊巴士原來已在高速公路上行駛著；前方駕駛座的Pure一手拿著麵包往嘴裡塞，另一手則瀟灑地操控著軚盤。

我看看窗外問：「呢度……係青山公路？」

Moving沒好氣地說：「你都真係幾瞓得，我哋開車去油站入埋油再出發啦，唔叫你都唔醒。」

「去油站入油？油站有人咩？」我出奇地問。

「冇呀，自己入囉，我入去坐之前撈過下油站兼職。」Moving邊回答我邊瞇著眼望向窗外道：「就快到深井啦。」

我看著右方，白天的深井沒有了晚上那種恐怖的死寂，可是仍是那樣的渺無人煙。

青山公路沒有如昨夜的屯門公路般塞滿旅遊巴士，而是一輛車子都沒有，令我不禁猜想，也許這條路不會有人攔阻，我們都可以安然回到市區？

旅遊巴士飛快地經過了深井，然後我的期許也是飛快地落空，因為當我們沿青山公路左轉後，便見到前方不遠處跟屯門公路一樣，停泊著三輛坦克。

「嘰！」Pure把旅遊巴士剎停了。

那三輛坦克一動不動地停在那裡，完全沒有任何動靜，四周的空氣也像是靜止了一般，現在我們都只聽得見旅遊巴士內彼此急速的呼吸聲。

突然，Pure站了起來，把手袋掛在肩膀上，向車門走去。

「Pure？你做咩呀？」我問。

回不了頭的屯門公路
青山公路

Pure看了過來，她的嘴唇微微顫抖著，然後又看了看Moving道：「我相信你嘅猜測。」

「Pure，你……」Moving欲言又止。

「咩猜測？」我不解地看著Moving，就在這時，Pure已下了車，我站起來想跟下去，但Moving卻伸手出來示意我留下。

我看到Pure高舉著雙手，一步一步地向坦克走去，而她的右手掌心好像不知拿著甚麼。

只見她愈走愈近，慢慢地到達了坦克前數米才停下。

「到底係咩猜測呀？」我緊張地問，可是Moving只是默不作聲緊張地看著前方的狀況。我回頭看看花花她們，她們像是沒有意識到甚麼，自顧自地吃著東西。

突然，中間那一輛坦克的門打開，一個穿制服的人探頭看出來。

「危險！佢會開槍㗎！」我想這樣大叫，卻緊張得一句話也說不出。

我在急忙下推開了Moving，跌跌撞撞地跑下車想叫Pure回來，這時我卻留意到那穿制服的人並沒有拿著槍。他從坦克爬下來，不知跟Pure說了些甚麼，然後Pure的右手就放下來，把手上的東西遞給了那人，接著那人就轉身返回了坦克內。

　　難道Pure要賄賂他們，讓我們通過？

　　過了不久，那人又從坦克內爬了出來，向Pure招了招手。Pure向前走到坦克下，那人就伸手把Pure拉上去、站了在坦克上。

　　「喂！Pure好似要入架坦克入面喎！」我向旅遊巴士內的Moving大叫。

　　「家姐！」小真聽到我說她姐姐的名字，連蹦帶跳的走了下車，也沒理會我，就逕自向坦克跑去。

　　「家姐！家姐！」小真大叫。

　　「小真！」我也追著她大叫。

>>>>>>>>> Chapter 27
姐妹

回不了頭的
屯門公路

「唔好埋嚟呀，小真，家姐要走啦！家姐唔係屬於呢度！」Pure
一邊大叫，一邊再向上朝坦克的門爬去。

「家姐！唔好……唔要小真！小真一齊！小真乖！」小真跑得更
加快，轉眼間已跑到坦克底下。

Pure冷冷地回頭，說了一句我人生中聽過令人最心寒的話：「你
放過家姐啦，我唔想一世照顧你！你聽清楚，我而家唔要你啦！啲男
朋友見我有個咁嘅妹都唔想同我一齊。」

這個擁有天使面孔的少女，內心卻住著魔鬼。她，連自己親妹妹也
可以拋棄。

「啪啪！」小真大力拍打坦克的車身，而且還大聲喊著：「家
姐！小真乖！」

突然，另一個穿制服的人爬了出來，我看到他手上有槍！

「唔好呀！」我大叫。

但是，一切都太遲。

「轟！」一下槍聲之後，小真應聲倒臥在血泊中。

「呀——！」我不能自控地發出沒有意義的驚叫、慘叫。

　　Pure木無表情地看了看小真的屍體，她像是看見一個陌生人，不，是一隻螞蟻死了一樣，然後頭也不回地在那兩個穿制服的人幫助下，爬進了坦克中。

　　坦克的門重新關上，世界像是停頓了一樣，我突然聽不到任何聲音，身後好像有人輕拉了我一下，但我沒法回頭，我的雙眼瞪得老大，視線沒法離開在我眼前死去的小真。

　　我渾渾噩噩地慢慢向她的屍體走去；小真瘦弱的身體孤零零地躺在三輛龐然大物面前。我走過去蹲在她面前，她的頭部中了槍，血不停沿著額頭的弧度流下來。

　　我用手拭去她額上的血，像是失去常性般喃喃自語：「小真乖！小真乖！快啲起身啦！小真乖！」

　　如果我剛才不是大聲說Pure上了坦克，小真就不會跑下來。

　　如果我剛才追得到她、有拉住她，她就不會死。

　　「Pure！Pure！你出嚟！」我竭斯底里地站起來向著坦克大叫。

　　這時一隻手大力扯我的手臂，大力得令我向後跌了一跤。

　　「好危險呀！你係唔係想好似小真咁？」拉著我的是Moving。

175

　　與此同時，坦克的門又打開，一個穿制服的人探出頭來，然後在他旁邊慢慢伸出了槍管向著我。

　　「走呀！」Moving拉著我發狂地跑。

　　我意識混沌、跌跌撞撞地不住回頭看，幸好，那人也許見我們退後到旅遊巴士車門前，所以沒有開槍。

　　「轟！」Moving重重地打在我的肚子，痛得我彎下了身子，他憤怒地大喝：「你白痴㗎？走到咁近架坦克，你死咗花花點算？」

　　我一臉茫然地看著他道：「咁點解Pure冇事重上埋坦克？佢頭先講咩猜測？」

　　「嘰……」這時，突然有一輛吉普車由遠處駛過來，停泊了在坦克旁。

Chapter 28
分別

回不了頭的
屯門公路

28 分別

「咔。」一個穿制服的人開門下了車，然後從車廂中拉出一對中年男女。

那對男女被推著向我們這個方向走，走過了坦克守衛的防線後，那穿制服的人便轉身返回吉普車，把二人留下在公路中心。

「咩料？呢兩個係咩人？」Moving喃喃自語。

我疑惑地看著那女人，她雖然垂下頭，但我看著覺得她很是眼熟。

突然，敏敏的聲音從後面傳來：「媽媽！爸爸！」

對！那是敏敏的媽媽，就是那本來被捉走了的敏敏媽媽！為甚麼她現在會在這裡？為甚麼她剛才會和穿制服的人一起？這麼說，旁邊的男人是她的丈夫？

我還未來得及轉身，敏敏已在我旁飛奔而過，向她的父母跑去。

我的內心突然十分不安，分不清眼前跑著的是小真或是敏敏，又很害怕槍聲會突然響起，敏敏也會在我面前死去。

這時，敏敏媽媽看到在她不遠處的小真屍體，立即向敏敏邊跑邊叫：「敏敏唔好過嚟呀！留喺嗰度等媽媽！」

敏敏的父母向這邊跑來。與此同時，我也急急拉住了敏敏，我不要再次讓這些世上最簡單天真的人在我眼前死去。

　　頃刻間，他們已順利跑了過來，一把將敏敏擁入懷中。

　　「敏敏乖！有冇嚇親呀？爸爸喺度，你唔使驚！」敏敏爸爸一邊說，一邊著緊地看女兒的臉。

　　「多謝你照顧住敏敏呀，花花佢冇事吖嘛？」敏敏媽媽一臉感激地說。

　　「冇事。」我搖了搖頭，然後道：「係呢，點解你會返到嚟嘅？你唔係畀人捉咗？」

　　敏敏媽媽說：「應該話係你哋畀人捉咗先啱。」

　　「吓？」我不解地看著她。

　　「要講就好長篇，呢度好似好危險咁，我哋離開呢度先再講。」她說。

　　敏敏爸爸緊接著說：「嗯，總之我哋唔會丟低敏敏，我哋……」

　　他的話突然被敏敏打斷，敏敏指著前方道：「Pure姐姐！」

我們都不禁看過去,只見Pure又從坦克中爬了出來。她沒有看我們或小真的屍體一眼,而是逕自爬到地面,然後步向另一邊登上了吉普車。

接著,吉普車便調頭絕塵而去了。

我看著變得愈來愈小、逐漸遠去的吉普車,又看看眼前相擁在一起的敏敏一家,那對比著實大得令人既心寒又心痛。

>>>>>>>>>>> Chapter 29
因由

回不了頭的
屯門公路

當吉普車離去後，三輛坦克跟我們的旅遊巴士依然對峙著，只是中間多了小真的屍體。

Moving重重地嘆了一口氣道：「我哋離開呢度先再講。」

我點了點頭，想叫敏敏一家上車，卻突然想起，Pure離開後，誰來駕車呢？

「係呢？你哋……你哋有冇車牌？」我指了指旅遊巴士問敏敏父母。

「我……我有私家車牌。」敏敏爸爸說。

「私家車牌，咁……」我猶豫著。

「我試下啦。」他爽快地說。

待我們都登上了旅遊巴士，敏敏爸爸坐上了駕駛座研究一番。

這個時候，一臉天真的花花看著我：「Pure姐姐？小真？」

我知道她要問她們都去了哪裡，我說：「佢哋搵到莊姑娘，所以贏咗遊戲有得走。」

「敏敏媽媽？搵到！」花花指著前排座位的敏敏媽媽道。

「哦，我哋搞錯咗，原來敏敏媽媽唔係匿埋咗，佢都係去咗搵人，所以我哋搵到敏敏媽媽係唔算㗎！」我胡亂地說。

這時候，敏敏媽媽轉身跟我打了個眼色，便配合地跟花花說：「係呀，我哋要搵到莊姑娘先有獎品。」

花花一臉失望地垂下頭，我看著她，心裡著實渴望能快點帶她回家。

過了半晌，旅遊巴士終於慢慢地開出，調頭後以龜速在公路上向屯門方向走去。

敏敏爸爸說：「唔好意思，我開慢啲，唔慣開咁大架車。」

「爸爸開車！叻！」敏敏拍手道。

是的，在這個狀況下，有車代步已是萬幸。

Moving在駕駛座旁指示著方向，我想大約過了一小時，巴士終於又停了在屯門市中心。

「我哋不如去便利店拎啲嘢食，再搵個地方坐低傾。」我提議道。

於是，我們一行人在便利店又拿了一大堆食物。

「哇!雪糕!」花花歡呼著。如果是以前,我和母親都不會批准她吃這麼多雪糕,可是現在我看著她,我的腦海竟出現了小真,我突然覺得我根本不知道花花以後還有沒有機會再吃雪糕了,是以我沒有作聲,任由她抱著好幾個雪糕離開便利店。

我們在屯門市廣場內一間空無一人的快餐店坐下,花花卻急不及待一邊給我們每人一杯雪糕,一邊說:「一人一杯,甜絲絲,笑呵呵!」

原來,花花拿這麼多雪糕不是要自己一個人吃,而是要分給大家;原來在不知不覺間,花花已長大了一點、懂事了一點。

Moving接過雪糕後,急不及待問敏敏媽媽:「你係唯一畀人捉咗又返到嚟嘅人,究竟發生咩事?」

敏敏爸爸卻對敏敏說:「你同花花去嗰邊玩猜情尋先啦。」

待二人遠去,敏敏媽媽才說:「應該話,我畀人救咗,唔係捉咗。」

「明明有人見到班制服佬上車,當時大家都瞓緊,而你就畀人帶走咗!」我說。

「係,畀佢哋帶走嘅人,都係返返去市區。」敏敏媽媽說。

原來，當日敏敏媽媽在熟睡中被人帶走了，一覺醒來，竟已躺在一個大禮堂的地板上。

　　她慢慢坐起來，發現整個禮堂都躺滿了人，有些也跟她一樣剛剛清醒過來。

　　看看禮堂的四周，每個角落都站著穿制服的人；禮堂的門口是關上的，而禮堂的講台上，以投影機在一個大屏幕上顯示著一句警示語：「禮堂出口已鎖上，請耐心留在原位。」

　　敏敏媽媽因為不見了敏敏，心中甚是著急，不禁站了起來，想向那些穿制服的人問個究竟。

Chapter 30
邊緣化計劃

回不了頭的
屯門公路

邊緣化計劃

「坐低！坐低！」那些穿制服的人一見敏敏媽媽站起來就呼喝道。

敏敏媽媽既膽怯又疑惑地坐了下來。就這樣又等了一小時，其他躺在地上的人也陸續醒來，有些人想站起來，也一樣被喝止。

再過了半小時，禮堂的燈光突然暗了下來，屏幕上開始播放短片。

短片先展示了好幾則精神病人襲擊市民的新聞，然後是弱智人士、傷殘人士、病患的家人疲於奔命的生活片段，還有同性戀情侶在街頭擁吻令人側目、大量囚犯依賴納稅人繳稅來生活等狀況。

這些片段令敏敏媽媽摸不著頭腦，然後畫面上出現了大大的文字，寫著：「救香港‧邊緣化計劃」，下方正中寫著「規劃局」。

「咩嚟㗎？睇嚟呢啲制服佬就係規劃局嘅人。」台下的人竊竊私語。

屏幕上出現車水馬龍的屯門公路，旁白響起：「樓價高企，唔少已喺社會就業嘅年輕人無法喺港島、九龍置業，紛紛搬入樓價、租金都較低嘅大西北居住。呢啲對社會有生產力嘅人，每日要忍受遙遠嘅路程去市區返工，其中屯門公路更加係經常塞車。如果將呢啲對社會有正面影響嘅人每日嘅交通時間減少，將可以衍生更多嘅生產力同埋經濟成果。」

「咩意思？」敏敏媽媽疑惑著。

短片的旁白又繼續：「屯門區因為交通問題而被邊緣化，與其由得具生產力嘅年輕人留喺邊緣城市，不如將值得被邊緣化嘅市民搬去屯門。」

「值得被邊緣化嘅市民？」敏敏媽媽喃喃自語。

「本計劃中，被邊緣化嘅市民包括智力低於正常人者、精神病患者及康復者、曾觸犯嚴重刑事罪行者、同性戀者、傷殘人士、癮君子、身患重病者及年齡超過75歲嘅老人。本計劃會陸續將以上人士運往屯門，其家屬可留於市區，繼續貢獻社會。」

「癲咗呀？呢個政府癲咗？」敏敏媽媽旁邊一個女人呢喃著說。

另一邊廂，一個男人突然「霍」一聲站起來大叫：「我個仔有精神病啫，但佢都係我個仔！你哋放返佢出嚟！」

那些規劃局的人木目表情地快跑過去道：「先生，你冷靜啲！」

「我好冷靜！呀！」隨著那男人的大叫，以及四周的人的驚呼聲，那男人被規劃局職員按在地上。

「你哋做咩呀？放開我！」男人掙扎著，但他轉眼間已被人抬離了禮堂。

　　這時一個穿著不同制服、看來較高級的中年男人走到台上，拿著擴音器說：「你哋都冷靜啲，呢個計劃唔係為咗你哋自己，而係為咗香港有更好嘅將來！你哋唔可以咁自私，想接返嗰啲邊緣人嚟市區，咁樣對大家都冇好處。」

Chapter 31
決心

回不了頭的
屯門公路

禮堂中的人見到之前那男人被抬走，都嚇得噤若寒蟬，誰知道那男人會有甚麼下場？誰會想把自己置於危險之中？

「你哋唔使諗自己入返屯門救屋企人出嚟。出入屯門嘅每一條大路、小路、山路，甚至水路，都有隸屬規劃局嘅軍人喺度駐守。」那貌似高級的中年男人說。

在場被帶回市區的人雖然為數不少，但最終沒有一個人敢反抗，在這場說明會後就這樣乖乖地被放走回家。回到繁忙的街頭，敏敏媽媽才知道，剛才自己原來在九龍區一所名校的禮堂中。

敏敏媽媽雖然沒有即場反抗，內心卻是沒有放棄，她轉乘鐵路回家，心裡卻不停盤算著如何去救出敏敏。

當她帶著紊亂的思緒回到耀東村的住所等候電梯時，一種異樣的感覺湧上心頭，她突然慌張地張望四周。電梯大堂只有她和一個男人，一個樣貌非常陌生的男人。

「叮！」電梯來了，敏敏媽媽心神恍惚地進了電梯，當想按下樓層的按鈕時，那陌生男人卻先按下了她想按的12樓。

「呢個人住12樓？唔係，我都冇見過佢嘅。」敏敏媽媽感到莫名的緊張，但一轉念又想：「可能佢嚟探人呢？」

但很快，敏敏媽媽便知道了這男人的身分，因為那男人的褲袋裡袋著一張應該是證件的卡片，證件沒有完全袋好，以致敏敏媽媽可以看到證件的一角，上面寫著「規劃局」。

敏敏媽媽不敢作聲，待電梯來到12樓，那陌生男人首先步出，向不是她所住的巷子走去。

敏敏媽媽嚇得向自己家狂奔，好不容易打開了家門，在屋內的敏敏爸爸一臉錯愕地看著她：「做咩咁快返嘅？唔係玩到傍晚先返嘅咩？敏敏呢？」

「鎖門先講！」敏敏媽媽慌張地把門和鐵閘都鎖好，這時才略鬆了一口氣。

「敏敏呢？」丈夫緊張地問。

這時敏敏媽媽才稍為鎮定地把從早上開始發生的事情一一道出。

「你話有個規劃局嘅人跟住你？」敏敏爸爸說。

「嗯。」

敏敏爸爸輕輕打開了木門向走廊張望，果然見到一個陌生男人站在走廊的盡頭抽著煙。

「係唔係嗰個人？」他壓低聲線問敏敏媽媽。

「嗯。」

突然，敏敏爸爸大力把鐵閘打開，向那男人走去。

「喂！好危險㗎，爸爸！」敏敏媽媽在後方大叫，可是丈夫沒有理會，而是衝動地繼續快步跑上去，抽住了那人的衣領大喝道：「你哋帶咗我個女去邊？好放返佢啦！」

那人看都沒有看他，冷笑了一下後道：「你冷靜啲先。」

「我個女喺你哋手上，你叫我點冷靜？」敏敏爸爸想揮拳打那人。

「唔好呀！唔好打呀！」敏敏媽媽驚叫的同時，那人只是閃一下身子就躲開了敏敏爸爸的攻擊，然後更是如閃電般把敏敏爸爸制伏在地上。

敏敏媽媽驚慌地跑出來道：「對唔住，你放過我老公啦！」

那人慢慢放手，奇怪地發出了「咦？」的一聲。

「咳咳！」敏敏爸爸喘著氣，那人突然指著他道：「張家豪？」

敏敏爸爸錯愕地看著那人，過了半晌才從唇邊擠出了一個名字：

「周衛恆？Ben Chau？」

「喂！你重記得我呢個名？我而家改咗叫阿Dan，唔係叫阿Ben！」那男人說。

「Dan，乜你而家身手咁好，以前中學你係排骨嚟㗎喎？」

「我操咗好多年先操到咁大隻㗎！」Dan說。

「而家唔係想當年嘅時候。阿Dan，你係敏敏爸爸嘅中學同學？咁你幫下我哋啦！」敏敏媽媽說。

「係囉，Ben Chau⋯⋯呀，唔係，阿Dan，你幫下我哋，我哋想救返個女出嚟。」

Dan機警地看了看周圍後道：「入屋先講。」

一行人回到屋內，Dan立即壓低聲音說：「要救你個女出嚟，就真係冇辦法。」

敏敏爸爸大力拍了拍桌子，喝道：「一場同學，你咁都唔幫？」

「唔係我唔想幫，一嚟你見我要出嚟監視你哋，都知我高級極有限，話唔到事；二嚟香港政府已秘密頒布咗《邊緣法》。」

「邊緣法？」

「係，即係如果將邊緣人由邊緣區域救出，或者阻止佢哋被捉入邊緣區域，都係違法，而刑罰係死刑。」

「死刑？你講嘢呀？香港邊有死刑？」

「而家就係有。政府為咗令個社會更加進步，所以特登暗中加返個死刑，如果被定罪，相信死刑都會秘密執行。」

「更加進步？就係為咗個社會更有生產力？將弱者淘汰，犧牲良心去換社會進步，呢啲都算係進步咩？只係重視錢嘅人生，根本就係退步！」敏敏爸爸激動地再次抽著Dan的衣領說。

「你冷靜啲先，要一家團聚，都唔係冇辦法嘅。」

「係點呀？我哋可以點？」敏敏媽媽想起女兒，不禁哭哭啼啼起來。

「個方法就係……你哋放棄份工，放棄間屋，搬入屯門！」

「我……我哋搬入去？」敏敏爸爸慢慢放開了Dan。

「咁我哋唔可以返出嚟？」敏敏媽媽問。

Dan揚了揚眉說：「係，你哋就當去到一個新地方。入面嘅商店目前有好多食物，聽講政府遲啲都會定期運食物、日用品入去，丟空咗嘅住宅亦都任你哋揀嚟住，你哋可以同敏敏一齊生活，唯一嘅唔好處，就係你哋唔可以離開屯門，而屯門入面係充斥住有問題嘅人，包括罪犯同精神病患者……」

「入面……冇警察？」敏敏爸爸問。

「唔會有警察。」Dan斬釘截鐵地說。

敏敏媽媽咬著下唇，良久才牽起丈夫的手道：「我哋入去陪敏敏啦。」

敏敏爸爸點了點頭，便問Dan：「我哋要點先可以入屯門？」

Chapter 32
新生活

回不了頭的
屯門公路

「我諗我知你哋點入嚟屯門。」Moving說:「你哋令自己成為合資格被邊緣化嘅人,係唔係?」

敏敏媽媽點了點頭道:「係,Dan教我哋扮痴線,扮想自殘咁去睇精神科醫生。佢話原來以前一向都好多人扮,例如啲畀人追債嘅人,好多都扮癲入醫院住。」

敏敏爸爸接著說:「Dan即晚就安排咗我哋睇醫生,出埋醫生紙,所以規劃局好快就搵人捉我哋入屯門。」

雖然我對於他們如何瞞過醫生覺得很好奇,但我心中有一件更關心的事,是以我道:「即係話,你哋今次返入嚟,就唔會再諗住走?」

「係,我哋諗住同敏敏喺呢度生活。」敏敏爸爸摸了摸敏敏的頭髮。

「而且,咁樣都未必係壞事。我諗你好清楚,敏敏、花花佢哋以前行出街都會畀人眼望望咁歧視,出面人多車多,佢哋根本適應唔到咁嘅生活。」敏敏媽媽看著我道。

當我正思考著她的說話時,敏敏爸爸又說:「唔通,你想花花好似頭先死喺青山公路個女仔咁,畀屋企人拋棄然後再畀人殺死?」

我知道他說的是小真。

　　我的腦海突然閃過Pure的說話：「你放過家姐啦，我唔想一世照顧你！啲男朋友見我有個咁嘅妹都唔想同我一齊。」這句說話確實令我心寒，但我撫心自問，難道我不曾嫌花花礙手礙腳嗎？難道我就很樂意照顧她？不，我也曾經很討厭花花，要不是母親要我好好照顧她，或許我也會拋棄她？不，我不會的，因為她是我世上唯一的親人。

　　我看著手上的雪糕，花花是這樣乖巧的女孩，她這麼懂得愛人，任誰都不會想她受傷害，何況我是她的哥哥？

　　但是，如果我跟花花留在屯門生活，那麼我的人生呢？我本來可以過正常人的生活，為甚麼我要為花花犧牲？這樣公平嗎？

　　不，難道花花又有權選擇自己的人生嗎？她過著無辜的一生，難道又公平？

　　我知道，只要我像Pure那樣，跑到坦克前跟規劃局的人說明一切，我就可以重回正軌。可是，我這生人，能從此安然而過嗎？

　　這時Moving突然淡淡地說：「喺呢度，根本就係一個大監獄。」

　　我的腦袋像是快要爆炸一樣，像是有兩把聲音在爭辯不休。

　　如果你是我，你會如何抉擇？

Moving突然站起來道:「我走啦。」

「吓?」我錯愕地看著他。

「我由細監倉轉到呢度大監倉,擺明益我啦,諗諗下我出到去都冇用啦!又冇人會請我做嘢,又冇地方住。」

「你冇屋企人咩?」我問。

「我媽上年去咗賣鹹鴨蛋啦!」他故作瀟灑地說。

我看了看在另一端跟敏敏在玩的花花,喃喃自語道:「我唯一嘅屋企人就喺呢度。」

花花好像感覺到我在看她,看著我道:「源哥哥,走,我,照顧我,自己照顧。」

我的眼淚突然湧了出來,在眼眶內打轉,Pure拋棄小真也許有她充分的理由,但是我沒法如她那樣冷血。

我深吸了一口氣,猶豫了一會,終於下定決心說:「我要留喺度同花花一齊。」

我笑著看她,她高興地跑過來,一把抱住了我。

「咁就好啦，我哋可以互相照應。」敏敏媽媽說。

我們在市中心的屋苑找了三個單位，有些單位已有少量家具，我們又從百貨公司搬了一些合用的家具、家品回家，就這樣建立起我們的居所。

我們安穩地住了下來，有時候也會去找阿朱聚聚；三年間，為數不少的邊緣人被運到屯門，我們大部分時間都互相幫忙，除了沒有醫生，不能與外界接觸外，在屯門居住的人都相安無事，或裝作相安無事地生活著，直到三年後的一天⋯⋯

「好消息呀！好消息呀！」我聽到對面單位的同性戀男人在走廊大叫。

我正納悶著這兒會有甚麼好消息之際，突然被他接下來的說話嚇了一跳：「屯門公路開返啦！」

我興奮地撲過去打開大門大叫：「咩話？」

「我親眼見到，我每日都會去嗰邊望，今朝我見到啲坦克走咗！」

「你又走去望？好危險㗎！」他的戀人打開鐵閘瞪著他道。

「我當晨運咋嘛。」

「走咗？係唔係換班咋？」這時住在我隔壁單位的Moving也探頭出來道。

「唔係！係走咗，我喺嗰度望咗成個鐘喫啦！」

「唔通個邊緣化計劃取消咗？」敏敏媽媽說。

「唔使估！等我踩單車去元朗嗰邊望一望。」敏敏爸爸說。

是的，我們已沒有汽油，所以也沒有汽車可用了，我們每家門前都放著單車代步。

「等我去啦，你睇住敏敏。」Moving說。

Moving說罷即騎上單車離去。

「Honey！快啲執行李，我哋搬返去市區！」那對同性戀人高興地返回了屋內。

這幾年在屯門的生活，因為消息的不流通和交通的不便，使得我們的生活節奏都減慢下來，對日常事物增添了耐性，但這一次，在等Moving回來的期間，我也不禁著急起來。

Chapter 33
男人

回不了頭的
屯門公路

過了整整四小時，天色也漸暗，我聽到Moving推著單車回來的聲音，我立即從家中走出去，緊張地問他：「點呀？」

「吁吁……」他喘著氣，看來十分疲倦地說：「我向元朗嗰邊去，發現同平時一樣，都係封住咗。」

「吓，即係佢哋放流料？」敏敏爸爸也走了出來，他指一指那對同性戀人的家門道。

「唉！算！」我無奈地想返回家中。

「不過……」Moving又說，他的說話令我的腳步停下：「屯門公路嗰邊啲坦克真係唔見咗，我踩過去睇埋啦！」

「但係如果個邊緣化計劃取消咗，冇理由只係屯門公路嗰邊開。」敏敏爸爸說。

「我都諗唔通，但如果啲坦克走咗嘅話，咁我哋咪可以經汀九去青衣？」Moving說。

「咁啦，我哋三個聽朝踩單車出去再睇下啦。」我提議道。

到了第二朝早上七時，我們急不及待騎著單車向屯門公路進發。

三年前，我們乘搭著規劃局暗中安排的車，經過這條著名的公路來到屯門，然後我竟然在這個我第一次來的地方定居下來。

　　這個集合了所有被政府視為邊緣人的城市，我本來以為會罪案、疾病、衝突不斷，如果不是下定決心要陪伴花花，我根本不會留在這裡，我本來可以光明正大地回到市區；可是，三年下來，日子竟然過得比我想像中好。

　　有些住在附近的精神病患者，竟然奇跡地看似好了過來；而那些窮兇極惡的罪犯，他們的眼神、臉容在這些年變得溫馴、善良。在這個城市，這些本來不被所謂「正常人」接納、被視為不能融入社會的低智力人士、精神病者、罪犯、老人、重病患者、同性戀者等，竟都在這裡和平融洽地相處。我們互相幫助、互相照顧，對他們來說，這兒反倒像是一個讓他們平靜過活的地方。

　　我不禁在想，是不是以前一向過著的生活太令人壓迫、令人生病、令人的心魔張牙舞爪，所以社會上才有這麼多問題？那麼，如果屯門公路真的開通了，我應該跟花花搬回去市區嗎？

　　我們騎著單車駛上屯門公路，當到了接近深井的路段時，竟然見到公路上有一個男人坐在輪椅上看海。

　　這些年住在屯門的人中，有怪異行為的人著實不少，所以眼前這個男人本應不會引起我們的注意。可是不知怎的，我看著他的側面，總是有一種熟悉的感覺，是以我不禁對Moving和敏敏爸爸說：「你哋覺唔覺佢個側面好熟口面？」

33 回不了頭的屯門公路
男人

「點……點解佢會喺度㗎?」敏敏爸爸顯得十分震驚,減慢了車速呆呆地看著那男人。

「你哋識佢?」Moving問。

「你坐監嗰時都應該有睇報紙㗎?」敏敏爸爸望著Moving說。

「我唔睇㗎!」Moving聳聳肩回應他。

但經敏敏爸爸這麼說,我終於認得眼前的人,他是政府的高官!三年前經常在報章上出現!

Chapter 34

命運

回不了頭的
屯門公路

「係佢！陳樹根！」我大叫了出來。

他聽到我大叫，回頭過來看著我們。眼前的他肯定就是陳樹根，但他的容貌跟以前在報章上看見的並不太相同，因為他比以前消瘦了很多，面容也有點憔悴。

「嘿！」他不知怎的冷笑了一聲。

「你笑咩呀？」不知就裡的敏敏爸爸問。

「同佢講咁多做咩吖？我哋快啲踩去汀九嗰邊睇下係唔係通返。」Moving不耐煩地說。

「汀九？嘿嘿！」陳樹根又冷笑了兩聲。

我重新騎上單車說：「走啦，都唔知佢笑乜。」

Moving在前，我和敏敏爸爸在後，當我們又想出發之際，陳樹根卻說了句話讓我們都停了下來。

「青衣都變咗邊緣區啦！」他說。

「咩話？」Moving急煞停了單車。

「咩意思？」我和敏敏爸爸也異口同聲地問。

「唉！自討苦吃！自討苦吃！」陳樹根沒有回答我們，而是自顧自搖搖頭道。

「講乜呀你？」Moving衝動地上前抽著他的衣領。

「青衣、元朗、上水、成個新界北，跟住荃灣、美孚、成個九龍，跟住新界東、港島東！哈哈哈哈！」陳樹根莫名奇妙地瘋狂大笑著。

「睇嚟佢痴咗線，所以畀人送入嚟。」敏敏爸爸邊說邊想勸Moving放手。

「唔係。」我腦海中滿是混亂的思緒，然後好像靈機一觸般想起：「佢係講緊……變成邊緣區嘅順序？」

Moving猶豫地說：「但係照咁講，即係差唔多成個香港都變邊緣區？」

「人多呀！你估好多正常人？」陳樹根說。

這時，敏敏爸爸像是想起了甚麼般，問他：「你頭先講咩自討苦吃，唔通你係……係……策劃邊緣化計劃嘅人？」

「嘿！」陳樹根點了點頭。

「你條仆街！搞咁多嘢出嚟！」Moving又大力抽著他的衣領，使他的屁股離開了輪椅。

「咁你點解會喺度？你……」我想問他，卻被他大力咳嗽的聲音打斷了。

「咳咳咳！」身軀瘦弱的他不住地咳嗽。

這時Moving突放開手，令陳樹根跌坐回輪椅上。

Moving壓低聲音看著他說：「因為你又老又病，對個社會已經冇用？」

陳樹根笑了笑，同時點了點頭。

「嚓！」Moving暴躁地大力踢翻他的輪椅，令他整個人跌倒在地上。

「你點解要整咁嘅計劃出嚟呀？」Moving咆哮。

「我計錯咗，原來香港地，唔正常嘅人只會愈來愈多，哈哈哈哈！」陳樹根又在怪笑。

「你個人渣！就係因為有你呢啲高官，唔正常嘅人先會愈嚟愈多！」Moving撲上前一把將他抽起。

「冷靜啲呀！Moving！」我喝道。

「哈哈哈哈！你殺咗我都冇用，個計劃依然會繼續，香港最後只要保住核心嘅中西區就夠，所有精英喺晒嗰度！哈哈哈哈！」

　　「你都癲嘅！到時得返中西區，重會養得起晒其他區嘅人咩，到時我哋……」我沒有說下去，但他卻代我說了：「到時其他區嘅人都係等死，不過有咩所謂呢？我諗都幾十年之後啦，我哋都冇命見到，哈哈哈哈！」

　　Moving突然放下了他，當我們以為他冷靜下來之際，他卻忽然雙手用力握著陳樹根的頸項。

　　「放開佢呀！Moving！」我和敏敏爸爸撲上去，可是任憑我們如何阻止，Moving就像是突然有甚麼怪力一樣，絲毫沒有鬆手。

　　很快，陳樹根已不再掙扎，他的雙眼睜得老大地倒下來，一個老弱的生命在我眼前就此消失。

　　我後退了幾步，無力地跌坐在地上；我看著這個令我無能為力的世界，我知道我們都逃不出、躲不過。當邊緣區愈來愈大，我們將會面對食物、資源短缺的問題，那會是甚麼時候的事？那時候我們都會死？還是當邊緣化的人變成了香港的大部分人口時，我們便可群起反抗？

　　我渺小的軀體坐在屯門公路寬闊的路中心，看著這荒謬的世界，無奈地等待著命運的安排。

回不了頭的屯門公路

作者　　：棟你個篤
出版經理：謝文傑
設計排版：Tech Us Company Limited (techus.hk)

出版　　：星夜出版有限公司
　　　　　網址：www.starrynight.com.hk
　　　　　電郵：info@starrynight.com.hk

香港發行：春華發行代理有限公司
　　　　　地址：九龍觀塘海濱道 171 號申新證券大廈 8 樓
　　　　　電話：2775 0388
　　　　　傳真：2690 3898
　　　　　電郵：admin@springsino.com.hk

台灣發行：永盈出版行銷有限公司
　　　　　地址：231 新北市新店區中正路 499 號 4 樓
　　　　　電話：(02)2218-0701
　　　　　傳真：(02)2218-0704

印刷　　：嘉昱有限公司

圖書分類：流行讀物 / 奇幻小說
出版日期：2018 年 3 月初版
　　　　　2020 年 4 月三刷
ISBN　　：978-988-77904-7-1
定價　　：港幣 88 元 / 新台幣 390 元

本故事純屬虛構，與現實的人物、地點、團體等無關。